中国当代图书馆
馆 长 文 库

池边旧墨痕

褚树青 著

上海科学技术文献出版社
Shanghai Scientific and Technological Literature Press

图书在版编目（CIP）数据

池边旧墨痕 / 褚树青著 . —上海：上海科学技术文献出版社，2014.8

（中国当代图书馆馆长文库）

ISBN 978-7-5439-6325-2

Ⅰ . ① 池… Ⅱ . ① 褚… Ⅲ . ① 图书馆工作—文集 ② 随笔—作品集—中国—当代 Ⅳ . ① G25-53 ② I267.1

中国版本图书馆 CIP 数据核字（2014）第 148164 号

责任编辑：刘　娴
装帧设计：许　菲

中国当代图书馆馆长文库

池边旧墨痕

褚树青　著

出版发行：上海科学技术文献出版社
地　　址：上海市长乐路 746 号
邮政编码：200040
经　　销：全国新华书店
印　　刷：上海中华商务联合印刷有限公司
开　　本：850×1168　1/32
印　　张：7.375
字　　数：165 000
版　　次：2014 年 8 月第 1 版　2014 年 8 月第 1 次印刷
书　　号：ISBN 978-7-5439-6325-2
定　　价：38.00 元

http://www.sstlp.com

池边旧草痕

周有光

二〇一二·〇二·二三

出版说明

当前，我国正在实施推动社会主义文化大发展大繁荣、建设社会主义文化强国的战略国策。作为积聚知识、传播信息的当代图书馆活动，在公众生活中正发挥着越来越重要的作用；而活跃在当代中国图书馆活动第一线的各位馆长，则肩负着推动国家与民族文化建设的历史责任。他们在致力图书馆管理实践的同时，还在各自的专业领域从事着多种学术研究，在文献资源建设、创新图书馆发展、社会文化服务等不同领域，形成了众多研究成果，并得到了图书馆界同仁的认可。

上海图书馆所属的图书馆杂志社与上海科学技术文献出版社，多年来致力于图书馆业界的宣传推广，努力成为图书馆事业发展的前沿阵地。为此，两单位联袂发起、编纂系列丛书《中国当代图书馆馆长文库》，旨在汇集出版当代中国著名图书馆馆长的主要学术成果，记录改革发展进程中我国图书馆事业的发展轨迹，宣传当代中国图书馆活动的科学实践，交流源于实践一线的当代图书馆学最新成果。希望能够为未来的中国图书馆活动提供理性的参考，也为当前全国的公共文化建设提供一份助力。

《中国当代图书馆馆长文库》的各位作者，作为图书馆转型时代的亲历者和领航人，他们的知与行，见证了当代图书馆事业大变革的历程，缔造了当代图书馆事业大变革的格局。读者能从中感受到领航者激情开拓、坚守志业的精神和风骨。与此同时，《文库》还收录了部分馆长的散文随笔，让读者于他们的信手闲笔中，更多地发现思想的渊源和所能抵达的美妙境界。

希望《中国当代图书馆馆长文库》能够成为记录中国当代图书馆事业家思想结晶的碑版，成为传播当代中国图书馆事业家智慧成果的媒介。

作者简介

褚树青，1963年生，杭州图书馆馆长，研究馆员。现任文化部公共文化专家组成员，国际图联手稿和珍善本委员会常委，中国图书馆学会学术研究委员会委员、图书馆统计与评价专业委员会主任。先后荣获全国文化系统先进工作者、2012中国图书馆榜样人物、首届杭州文化人物、第四届责任中国2013公益人物奖、第十届中国艺术节"群星奖"之"群文之星"等荣誉称号。

主攻古籍文献整理、版本及金石拓片鉴定、公共图书馆基础理论研究。曾先后主持完成《杭州图书馆古籍善本书目》、《馆藏南宋史文献目录》等的编纂以及杭州地区家谱调查鉴定和审定工作。《杭州图书馆善本书目》被全国《续四库全书》编委会列入"工作目录"，成为《中国古籍总目》的合成书目。

近年来，在互联网迅速发展的背景下，致力于公共图书馆管理和服务创新以及服务体系建设，推动杭州市公共图书馆规范、协调、均衡发展。提出的"平等 免费 无障碍"理念、"第三文化空间"、"中心馆—总分馆制"等理论具有全国性影响，引领全国公共图书馆界学术研究新方向、新热点。在其带领下，杭州图书馆已成为国内最具影响力的公共图书馆，是全市文化地标之一和市民最想去的第三文化空间，实现了与国际一流图书馆的平等对话与交流。

序

树青是我相识多年的一位"小"朋友。在图书馆界的各类会议、研讨中,彼此经常见面,多有愉快的碰撞与交流。此次他约请我为他的文集写序,我也就欣然领命。

近几年来,我国公共图书馆事业迎来又一个生机盎然的春天。这得益于一批新生代馆长的出现。他们拥有更多元更完备的信息收集渠道,对时代潮流有着独特的敏锐性,能够站在大文化的高度来观照和思考图书馆事业的未来走向。树青是这群年轻人中的一员,也是其中的拔萃者。

文集的第一部分是他对公共图书馆服务体系建设思考的集中反映,从中能看到一位现代图书馆馆长所具备的实践经验、战略眼光和世界高度。在"公共图书馆服务体系建设"这个严谨的命题中,我们能深刻感受到,树青对中国国情和图书馆事业发展二者之间的把握与融通,显得尤为到位。这也就赋予了学术本身以更强悍的生命力。

文集的第二部分主要收录了树青在20世纪最后10年里,所撰写的与古籍和地方文献有关的著述,共计11篇。数量不多,但基本上可以全面地反映出著者在此领域内的涉猎与成果:史论、版本、文献服务。其中,《西湖文献概述》和《民国杭州旧书业》二文,或可认为是扛鼎之作。

《西湖文献概述》收录于《西湖文化》(2005杭州出版社),《西湖文化》是杭州市政协集结当时城内文史之翘楚所著，也可能是至今为止对杭州文化脉络最具系统性和总结性的学术文集。《西湖文献概述》与全书定位一致，虽只万余字，但构架完整、史料充沛、一气呵成、勾勒清晰。

2006年的时候，三联书店出了《旧时书坊》。该书封底摘引了四段对旧书业论述最具代表性的文字，依次为郭子升《琉璃厂的古旧书店》、许嘉璐《中国书店五十年》、褚树青《民国杭州旧书业》和周越然《余之购书经验》。当时树青不过四十来岁，以此文俦列方家。

至于《黄跋古籍四种过眼存记》，是树青应西泠印社拍卖行2012年古籍拍卖专场之约请而作。此文算是树青在古籍论著方面停笔6年后的又一次发力。文之末尾，他如是写道："江南六月，暑湿交并，常使人惆怅，披阅书影，神游古今，想两百来年前，黄丕烈先生'闲窗枯坐，虽浓云密布，天意酿寒，清冷之致，然校书自得'，内中之南山心境，林下之乐，又岂是'窗竹萧森烛影孤'所能述也。"《黄跋》是一种井喷，无论笔法、章法、文法，显现出强烈的个人风格。这应该与树青早年颇得老一辈古文献工作者垂爱有关。经年的熏陶，必得出深厚的积养。

文集第三部分，大致囊括了2000年之后，他在较为放松的状态下所作的散文随笔。此间文字，当如其人。它们给予我的阅读快感，不仅仅是极具个人特色的行文风格，那种"陌上花开，缓缓归"的温良与笃定，更因为字里行间中，对材料的组织、对观点的表达，都能看到"人"的存在，能感受到历史洪流之下的思辨。如《〈宋宝罗篆刻毛泽东诗词印谱〉序》《〈迁徙的人生——杭州知青纪实〉序》等小文，措辞莫不真情实意，低调内敛，笔寄春秋。

把文集的三部分打通了看，能看到树青的三个样貌：强硬的改革者、儒雅的文人、社会的人。但无论身处哪种角色，使用哪种话语，都令人深切感受到他对世俗的认同与融入,将目光投射于下,在广袤的人民海洋中,汲取能量,反哺自身。

如果一定要将序言的主题定位在图书馆学的角度。那么我想,一个好的图书馆,它首先就应该做到"接地气"。这一点,树青用他的文字,证明了。

吴慰慈
2014年1月17日

目 录

1   序

    上篇 公共图书馆发展思考

3   开放的社会 开放的图书馆

11   藤蔓再长瓜落故乡

21   城乡共享生活品质

27   把公共还给图书馆

32   论公共图书馆和公共文化服务体系

54   我国公共图书馆体系建设概述

71   公共图书馆发展环境分析

80   公共图书馆的发展趋势

98   公共图书馆服务体系的杭州解读

106	公共图书馆服务体系建设：从"总分馆"到"中心馆—总分馆"

中篇　地方文献与古籍

113	新发现黄遵宪手札一通
115	《中国古籍善本总目》若干类目辨析
119	开发利用馆藏地方文献为建设杭州服务
124	民国杭州旧书业
131	徽州地区刻书
142	杭州民国时期旧书店创停简史
148	杭州图书馆地方文献工作回顾
153	朱遂翔与《抱经堂藏书图》
161	西湖文献概述
179	杭州地区家谱调查叙要
186	黄跋古籍四种过眼存记

下篇　散文随笔

191　再谈凤凰山的开发

195　关于历史文化名城的保护和建设

200　《浙江藏书家传略》序

202　《宋宝罗篆刻毛泽东诗词印谱》序

204　《迁徙的人生——杭州知青纪实》序

206　《第三文化空间》序

208　《2013触觉·凹凸》展览序

210　每思少珊举画看

214　木棉花开红艳艳

217　择善之辨

220　后记

上 篇

公共图书馆发展思考

开放的社会　开放的图书馆[*]

当今社会发展呈现多元化趋势。海纳百川，有容乃大，大至国家，小至单位，欲想持续发展，必须时时保持开放的态势。

公共图书馆作为融合多种学科的文化行业，面对外部环境的变化，尤需面向开放的社会，向社会扩大开放，拓展服务内容，丰富工作内涵，更新管理手段，重视社会合作，不断加强开放的发展观，采取开放的办馆理念，以更加开放的态度，融入开放的社会，以适应时代的发展。

1. 开放的发展观，把图书馆办到市民的身边

为满足社会公众的需求，中国的公共图书馆需要大发展、大开放，不但要敞开大门欢迎读者，扩大开架借阅，而更重要的是要想方设法把图书馆办到市民身边，把服务延伸到公众需要的地方。

20世纪后期，许多公共图书馆通过流动图书车把书刊送到社区、学校、部队、干休所、乡村以及监狱，收到普遍欢迎。

---

[*] 原文刊于《图书馆论坛》2005年第10期。

20世纪初,上海率先推行总馆、分馆制,以及跨行业图书馆间的协作。深圳市提出了"图书馆之城"的发展战略,建设遍布全市的图书馆网。佛山市禅城区考虑到在本区范围内有一座大规模的市级图书馆,故不建大型的区馆,而是合理布局建设相当数量的小型图书馆群,面向大众,统一管理。广东省立中山图书馆、上海图书馆、杭州图书馆等利用网络开展远程咨询和文献服务,极大地扩展了公共图书馆服务的空间,取得了良好的社会效果。

以市馆为龙头、县区馆为依托,建立面向社区、乡、镇、村的三级服务网络,并以虚拟图书馆服务网相配合,使图书馆服务努力贴近市民生活,更好地满足市民需求,这应是发展的重点。

2. 开放的服务观,让公众成为图书馆主人

公共图书馆是政府兴办的公益性文化教育机构,公共图书馆及其附属的一切设备、设施均应是全民共有共享的公共资源。从这个意义上讲,每个市民都可以使用图书馆,都是图书馆的主人,图书馆员为市民全心全意服务是理所应当的。但曾几何时,一些公共图书馆在对待读者的态度上摆错了位置,主仆颠倒,以至市民到公共图书馆看书、借书手续繁琐、清规戒律不少,出现了所谓"进馆难、办证难、借书难"的不正常现象。一方面是馆藏资源得不到充分利用,一方面是读者大量流失。很多市民潜意识里产生了宁愿到书店站着看书,也不愿到图书馆借书来读的心理。由此,图书馆的社会地位逐渐弱化。一些业内人士也发出图书馆事业很崇高而社会各界对其重视不够等抱怨。从而在一定程度上形成了社会的不认同与从业者的失落相对立的局面。

对这一问题的出现，公共图书馆界应先从自身进行反思，调整固有的惯性思维，找到解决问题的办法。

事实上，当今社会对公共图书馆的需求潜力是很大的，关键是我们的工作理念和工作方式。应把习惯上管理者的位置端正到服务者的位置，同时营造一个亲切、温馨的阅读和交流环境，建立便捷的多功能服务体系，努力扩大开放，使"公共图书馆成为任何人都可以不表明身份就可以进来阅读、研究、学习、浏览或者会会朋友的少有的几个公共场所之一，是妇女、儿童最有安全感的地方……"如果公共图书馆成为公众的大书房，让市民感觉自己是图书馆的主人，能得到馆员亲切周到的服务，来到图书馆就像在自家书房一样悠然，而且更加方便，那么，公众都会认同公共图书馆，其社会作用就得到了更大程度的发挥，其社会地位必然得到提升。

3. 开放的资源观，共建扩大资源共享的文献信息体系

知识、信息量较以往呈几何级数激增，任何一家图书馆都难以做到完整收藏。把原来分散、孤立的图书馆资源联成一体，让社会成员得以广泛共享，这是开放社会对图书馆的要求。

资源共享，不仅是现代图书馆的重要特征，亦是图书馆业务发展的高级形态。在现代开放社会，任何图书馆都不应是孤立的，但纵观我国公共图书馆界的发展历史，各馆一直以孤立的思维方式和发展轨道实施运作，加上对馆际合作患得患失的意识，实现资源共享的障碍重重。但历史毕竟是向前发展的，近年来，扩大开放的办馆思想逐渐占了上风，馆际互借、以传真和电子邮件传递资

料等都有发展,而互联网的普及更创造了资源共享的条件。

杭州经济发达、信息技术成熟,各界对文献信息的需求高涨,但由于本地区单体图书馆建设薄弱,无法满足读者日益增长的需求,因此,地区各馆长形成共识,决心从扩大开放、满足社会需求出发,打破固有的门户壁垒,实行杭州地区公共图书馆资源大联合,推行"九馆一证通"工程,通过统一规划和分工协作,建立起分布合理、优势互补、各具特色的全市文献资源保障体系。

读者在杭州市的9所公共图书馆中任何一处办理了借书证,在各馆全部通用,均可办理借书还书。"一证通"工程实施近两年来,各馆的服务水平有了很大的改观,读者量稳步上升,图书利用率大幅度增长,各县、区馆可使用的文献资源得到扩大,购书专项资金更为有效地使用,特色馆藏得以明确,数字化文献占有率也达到了副省级馆的水准,特别是业务工作的规范化、标准化问题得以解决。 这一切使得杭州市公共图书馆事业整体建设和开放水平大为提高。

4. 开放的建筑观,让图书馆成为城市的文化学术交流中心和国际交流场所

公共图书馆的建筑本身亦是一种公共资源。 这个资源,在过去几年较多地考虑用在为图书馆的产业化服务上面,而忽视了公益性用途。 图书馆本身的人文气息,使得馆舍环境有着一种其他建筑无可比拟的魅力,特别适合成为各种文化活动和学术活动的中心。 因此,我们应多角度、多层面地挖掘图书馆内部空间的潜力,积极吸引社会各类社团到图书馆来进行团体聚会、学术交流

等活动。为专家、学者的学术活动提供种种方便，加强与他们的联系与合作。而当公共图书馆频繁举办文化、休闲、学术活动，成为市民时常云集的场所、社团活动之家时，其社会影响力就不言而喻了。

杭州图书馆在建设新馆中，特别考虑了友好城市厅的设计，我们计划邀请各友好城市一起来进行布置，介绍他们城市和所在国家的经济科技、历史民俗、语言文学、文化艺术、地理及旅游胜地等。这将是杭州市对外文化交流的一个永久性的窗口。

公共图书馆充分利用自身的馆舍条件与品牌优势，可以形成独特的开放式的图书馆文化。

5. 开放的人才观，借用外脑建立志愿者队伍

社会生活日益开放和丰富，人们会有越来越多的问题希望从图书馆得到答案，咨询服务已成为服务发展的重要方面，图书馆员应成为知识导航员和咨询专家。公共图书馆必须适时建立起这样的人才队伍来满足公众的各种需求，但由于馆员的咨询意识和能力薄弱，使得咨询服务往往停留在较浅的层次上，发挥的作为不大。所以，人才建设就成为公共图书馆咨询服务工作的关键。

囿于观念，各级公共图书馆对人才的解决，较少考虑兼职外聘、协议服务的方式，特别是志愿者人才队伍的建立，似乎更未得到重视。目前图书馆难以建立起涵盖各学科的专业人才队伍，因此借助外力，争取社会各界的智力支持，就显得非常必要。重视聘用馆外志愿专家，利用他们在本领域的渊博知识为其他读者解答专业性的问题，可以提高图书馆的咨询服务水平，培养图书

馆的咨询人才队伍。我们应从馆内人才的培养、高级专业人才的聘用、志愿者人才库的建立等方式，来进行开放式的人才队伍的建设。而社会上热心支持图书馆服务的各行各业专门人才，可以说是取之不尽，用之不竭，是巨大人才库。借用社会人才支持图书馆工作，对图书馆的发展有着非常重要的意义。

自2002年以来，杭州图书馆组建了以数十名各学科专家为主的志愿者队伍帮助工作。他们解决了许多学术性难题，并为图书馆的发展提出了若干建设性意见，对图书馆建设大有裨益。

6. 开放的管理观，搭建社会各界参与图书馆建设的平台

近年来我馆建立了"图书馆之友社"这种体制外的运作模式，搭建了沟通图书馆与公众的桥梁。公共图书馆通过这个组织，让读者了解图书馆，参与图书馆的管理，举行各种读者联谊活动，推进社会的阅读进程，提升图书馆的服务，扩大图书馆的影响。它是除了社会捐赠与资助以外最具普遍意义的公众参与和支持图书馆的形式。建立充满活力的"图书馆之友社"也会促进图书馆基金会的良好运行。同时，我们还成立了多类读者俱乐部，让读者管理读者，让读者帮助读者，让读者辅导读者，从而真正体现公共图书馆公众用，公共图书馆公众管的开放理念。

深圳图书馆1986年建立"读者联谊会"广泛吸引各界参加，多年来成效十分显著；福建省图书馆也建有"读者联谊会"，他们的经验值得推广。我们认为，用各种形式搭建社会各界参与的平台，在管理上向读者开放，尊重读者作为图书馆的主人翁，和读者密切联系和互动，对于推行开放式、社会化的现代管理，改

善图书馆的形象,扩大图书馆的影响力,都是十分有意义的。

7. 开放的资金观,创建图书馆事业基金会以广辟财源

公共图书馆是保障社会大众能普遍获得阅读权利的公共文化设施。政府扩大对图书馆的投入是完善社会教育、提高国民素质、推动学习型社会形成的重要保证。但各地情况差异很大。探索社会化发展道路,动员社会力量一起来办好图书馆,可以有效地推动图书馆事业的开放式发展。

世界上许多国家的公共图书馆几乎都是为公众提供免费的服务,它的经费来源主要依靠政府,这体现了社会的文明程度,但是争取社会各界捐赠亦是增加图书馆经费,更好地为市民服务的重要途径。借鉴国外经验,我国的公共图书馆工作者,一方面要坚持公益性,维护公众文化阅读的权利,将图书馆作为全民继续教育的场所,从而争取更多的政府财政支持;另一方面,也要树立开放观念,争取社会各界捐赠,吸纳各方赞助,形成政府投入与社会资助相结合的运转方式。按照《国务院关于支持文化事业发展若干经济政策的通知》的精神,建立图书馆事业基金会,来推动全社会关心支持图书馆事业的发展,全面推进图书馆事业的现代化,是一种有益的尝试。

按此新思维,杭州成立了我国第一家公共图书馆基金会,注册资金210万元,以杭州图书馆为首的9家地区公共图书馆和杭州现代集团、杭州华宝斋、杭州喜得宝集团、杭州百大集团、杭州蓝色倾情等知名企业担任基金会理事。利用这个平台,广泛吸纳社会资金,扩大图书经费来源,以弥补政府下拨资金的不足。

基金会成立一年多来，已募集了意向资金 100 余万元，实际到位资金 40 多万元。利用这些赞助，我们开展了多项市民读书活动和文化下乡活动，这些活动都是配合市政府创建文化名城、文明之城、学习型城市等发展计划来进行的，图书馆因此真正发挥了城市文化导向的作用。我们认为，在民营经济较为发达的省市，应特别重视社会资金的募集工作。

社会在发展，机制须创新。公共图书馆唯有不断创新，更新观念，积极扩大开放，努力自我完善，融入开放社会的主流，并发动社会力量，共同推进事业建设，才能有更加辉煌的未来。

参考文献

[1] 李明华. 从读者的图书馆到社会的图书馆[J]. 中国图书馆学报, 1994(3): 73—79.

[2] 吴建中. 21 世纪图书馆新论[M]. 上海：上海科学技术文献出版社, 1998.

[3] 蔡菲. 现代化图书馆"开放"谈[J]. 图书馆论坛, 2002(6): 86—87,92.

[4] 王军, 宋军. 论公共图书馆的开放性[J]. 图书馆理论与实践, 2003(3): 27—28.

[5] 龚天力. 论图书馆开放[J]. 津图学刊, 2003(4): 3—4.

[6] 符国冰. 略论新时期开放型公共图书馆的建立[J]. 情报资料工作, 2004(1).

[7] 谭祥金. 当前图书馆建筑的几个问题[J]. 中国图书馆学报, 2004(6).

藤蔓再长瓜落故乡[*]
——对公共图书馆服务定位的思考和实践

受学会的厚爱，我就杭州地区各公共图书馆近几年的业务探索，特别就服务读者这个主题作个发言。发言的题目是引自一位记者对浙商所作报道的文章题目——《藤蔓再长，瓜落故乡》，我觉得这句话所表达的意义很好，拿来引用一下，目的在于说明不论公共图书馆事业如何发展，工作方式、工作手段如何丰富、多样，但读者至上，服务第一这个宗旨是永恒的。

今年6月1日，杭州地区各馆联合向社会颁布了《地区服务公约》，该公约发布后，在社会上引起了反响。之所以会引起大家的关注，我认为，一方面，政府当前比较重视文化事业的发展，注重优化文化生存的良好生态环境；另一方面，社会期待公共图书馆能够加大开放力度。我们的作法得到了公众的回应，作为公共图书馆的工作人员，更觉得所从事的事业还有很大的发展潜力。其实，《公约》酝酿已有三年了。从2002年，在杭州一市五区9家公共图书馆实施"一证通"工程的时候，就有这个计

---

[*] 在2006年云南中国图书馆学会年会上的讲话。原文刊于《图书馆建设》2006年第5期。

划,但因要取消已实行多年的收费制度,客观地说,即使在经济较为发达的杭州地区,各馆也普遍感到存在压力;再加上当时政策环境还没有达到目前的状态,所以拖了一段时间,直到今年6月才感到时机成熟了。

《公约》共分15条,内容涉及公共图书馆对公众的服务理念及对从业人员的业务要求。如果不是孤陋寡闻的话,以《公约》的方式,用地区公共图书馆联盟的形式,向社会公布图书馆的承诺及要求,恐怕在国内还没有先例。我们是想以这种方式,来向社会表达公共图书馆的服务宗旨,规范成员馆的业务工作,强化工作人员的职业自律意识。我们认为,这件事本身就是公共图书馆应该做的,希望有更多的图书馆能够意识到这点,并能做得更好。

我们在拟定《公约》的时候,对具体内容,有过很长一段时间的思考,我们觉得,它应该包含现代图书馆的诸多元素,突出的是:

1. 构建平等、免费、无障碍的服务

众所周知,公共图书馆作为一个行业,在其产生与发展的过程中,对社会的发展与进步曾发挥过非常重大的作用,但现在公共图书馆的社会影响力有弱化的倾向,这虽然有信息获取途径已呈多元的原因,也和我们没有很好地落实公共图书馆平等、免费、无障碍的原则有关,有的图书馆在对读者的服务中还存在管、卡、压的现象,于是,公共图书馆与大众的距离远了,影响小了,形象模糊了。

90年代后期以来,即使新技术、新观念在公共图书馆被大量运用,我们在业务工作方面也发生了很大的变化,图书馆也不再只是具有单一功能,而是承载着文献收藏中心、信息中心、市民终身学校、文化娱乐中心等多种内涵。但在大众的了解上,还是停留在是借书、还书、阅读的场所这一点上,还是那么传统。这说明我们的读者工作还不到位,服务方式存在小众化、精英化的问题,致使大部分读者不了解或感受不到我们提供的其他服务,另外,于我们图书馆人而言,现在已出现了一种尴尬的现象:一方面,是图书馆读者减少,一方面,是书店人头攒动。到书店读书,成为城市一景,杭州的新华书店,实行企业改制,把省、市、县书店联合起来,成立集团,实行连锁,它们颠覆传统新华书店的概念,在他们的理念里,书不是在人之上,而是为需要他们的人服务的。他们认为,每个人都是潜在的消费者。可以不买书,只看书的人性化服务,受到了大众的欢迎。在杭州的商业网店中,最热闹的,书店肯定是其中一个。目前该集团准备把触角延伸至农村,他们认为农村市场大有作为。他们说,改革有多成功,那么服务就应该有多到位,对一般大众而言,新华书店的全部社会意义在于服务。固然,书店的目的是销售,但不能不承认,他们的销售手段是非常符合这个社会,这个时代的。与它们的服务理念相比,图书馆里各类名目的收费项目,各种出于保护馆藏而限制读者使用的规章制度是多么的不合时宜。其实,图书馆管理的目标就是服务。因此,如果我们的规章已经限制了大众合理、公平地使用公共图书馆资源时,说明我们的管理已经被异化了。

曾有一位领导问我,在书店服务日趋人性化、多样化的今天，它与公共图书馆相比，究竟还有什么本质的区别。 我是这样回答他的： 不论书店的服务方式如何改变，其本质是为了赢利，图书开放的目的只是一种经营的手段，是为了更有效、更快速地将图书销售出去。 虽然在书店里新书能在最短时间内和读者见面，但读者只能在书店规定的特定时间、特定场所阅读，对公众来说，随意性太小；而且，对于要查询相关文献的读者来说，图书馆是他最佳的选择，因为，再没有比图书馆收藏更完备、更丰富的机构了。 当书店的图书以最快的速度消失的时候，图书馆却在以科学的手段将图书分类、上架，而且可随时供读者免费查询、借阅。 对我的这一回答，这位领导表示满意。 但可以想像，像这位领导一样存在这种疑问的人，一定还有很多，而且毋庸讳言，书店的服务模式已经对公共图书馆提出了挑战。 也因此，杭州地区各馆长在讨论《公约》时，一致同意进一步取消收费，其实在这之前，我们已先取消了阅览证，接着又对14岁以下儿童、60岁以上老人以及困难家庭进行了免费服务，对困难家庭还免掉押金。 而且，借书卡上没有照片，亲戚、同学、朋友间是可以通用的。 对此，市民反映很好。 当时，我们保留对中年人办证收费的原因是，想培养成年人对公共文化的支持意识。 但最后大家还是决定取消这项收费。 我们认为，一个开放、平等的图书馆，是不应当存在差异的。

另外，在考虑取消收费时，我们也回顾了公共图书馆发展的历史，传统公共图书馆之所以在国内诞生，就是出于开启民智、服务大众的目的。 所以，无论在什么阶段，公共图书馆都应更多地体现出对平民的关怀。 这个理念是公共图书馆应该永久坚持的。 尤其是地、市一级的公共图书馆一定要坚持面对大众，处理好服务中普及与提高的问题。正如，毛主席的《在延安文艺座谈会上的讲话》中所阐述的，在普及中提高，在提高中普及，关键是普及。我们要把普及科学文化知识作为工作的重点，在此基础上，根据馆藏特色，来考虑特殊服务的问题，即提高的问题。我馆提出的口号是为普通民众提供知识扶持，对特殊读者作好学术帮助。确立的办馆方针是"平民图书馆"、"市民大书房"。原则是取消各种限制读者的规章制度，让读者能真正自由地走进图书馆，就像是走进自家的书房一样。范并思教授在一篇文章中论述道："公共图书馆不但是一种社会机构，而且是一种社会制度，它的存在使社会中每一个公民获得了自由获取知识或信息的权利。"我认为，我们这样做，是不是就是在落实这个制度，这种精神。如果是，那么公共图书馆对和谐社会的贡献也就体现在这里吧。

我们现在经常讨论什么是公共图书馆的核心竞争力，我想，一个企业必须要有经营的目标，一个行业也应该要有行业的特质，为所有人群免费提供公益性文化服务，而且这是其他组织和机构所不具备的行业特点，应该就是公共图书馆的核心竞争力。正如北京大学吴慰慈先生所说的：直到今天，我们可以比较社会中各类型组织，很难找出一个能像公共图书馆这样贴近群众，体系完备，基本免费的文化服务机构。没有年龄、种族、性别、宗教信仰、国籍、社会地位的限制，而享受"原则上免费"的服务。这就是实实在在的竞争力，我们应该予以重视，应该予以落实。

2. 倡导共建、共享、网络化的服务

公共图书馆应共建、共享，这是图书馆学界在理论上一再呼吁的，因为这不但可以节约成本，更是保证读者方便、快捷、最大化获取文献、信息的有效机制。但由于客观条件的限制，一直未能实行。近年来，由于网络技术的普及，图书资源的增多，物流条件的改善，使这项工作有了开展的可能，不少馆也有启动。杭州地区虽然整体经济条件很好，但由于历史欠账太多，公共图书馆整体实力不强，购书经费不足，特别是文献资源贫乏，为有效解决发展的瓶颈问题，从完善服务、方便读者的角度出发，地区馆长一致同意整合资源，走共建共享的道路。通过对技术合并的一年试运行，我们于2003年终于实现了一市五县9家公共图书馆的通借通还，读者凭一张证，就可以在市、县、区任何一家图书馆借还书，市馆的百万馆藏图书及数字化文献，成为各县、区馆读者服务的有效保证。各馆的社会影响力大大提高，特别是服务水平整体提高，形成了行业优势。在此情况下，杭州西泠印社图书馆、张铭音乐图书馆等都申请加盟。所以，我们在制定《公约》时，就明确了发展四级网络的要求，形成以杭州图书馆为中心，区（县、市）图书馆为中心，社区和乡镇（村）服务点为基础，建立互通互联的四级公共图书馆服务平台，构筑地区图书馆资源服务与保障体系。当我们把这个设想通过局上报到市里时，受到市政府的重视。特别把我们提出的建设四级服务网络的设想，写进了杭州"十一五"工作规划中。

可以想像，这个四级网络建成后，市民将得到更为完善的图书馆服务，正如我们图书馆人所向往的那样：图书馆将无所不在。这也是公共图书馆降低成本、有效管理、积极开放的方式之一。

3. 提供高效的，有活力的，对地区经济、文化有推动作用的服务

图书馆工作人员一般都自称为馆员，很多时候，这是一种与职称无关的行业语言。但这日常工作中，这个称呼里体现更多的是监管的"管"，而不是讲效率、讲科学的"管理"。长期以来，公共图书馆给人以不讲效率、不讲经营的印象。作为从业人员，我们也一直在努力改变这种状况，也在探索引进企业经营模式对图书馆服务进行改善。但很多图书馆将成本、效益概念的引进变异为各项收费的增加，这更加引发了读者对我们的批评。虽然，我们也力图通过一些服务手段、服务方式改变这个情况，但由于我们习惯于从一个施惠者的角度去为读者服务，缺乏亲和力，以至于图书馆效益、成本问题还是得不到根本解决。由此形成图书利用率下降，行业危机凸显。

现在，国内外都有将图书馆委托给企业经营的先例。其实，从纳税人的角度来看，我们就是受政府和纳税人委托管理图书馆的人员，如果我们不考虑如何跟上时代的要求向公众提供及时的服务，那么纳税人和政府是否可以重新委托呢？

去年，我在美国访问的时候，曾就托管问题向美国同仁做了了解，他们对这个问题也十分关注。在美国，国家信息科学委员会有一项很重要的工作，就是调查了解大众是否得到图书馆的文化服务，图书馆有什么服务成果，除此还要了解每天到馆的人数及利用馆藏文献的数量。这个组织不是去肯定哪个图书馆硬件的好坏，而是要对图书馆服务作出重要评估，对其业绩进行考

核。他们这样做的目的，就是以这种方式，来证明投资图书馆确实对社会、对经济是能起到一定推动作用的，是有价值的，并希望从中找出图书馆对经济发展的内在联系。我相信，随着改革的深入，社会对图书馆的评价也一定会从这个角度来评估的。所以，现在杭州地区各馆在日常服务上很重视政府投入的资金与读者使用现状的估算，很重视图书馆在为政府服务当中，所起到的对地区经济的影响作用，很重视社会公众对图书馆服务的评价，因为我们觉得这些是图书馆高效、有活力服务的最典型的象征和最有说服力的表现。

4. 加强与公众互动，争取社会各界大力支持

将公共图书馆办成市民终身教育中心、文化娱乐中心、多元文化服务中心是现代图书馆在继承传统服务上的再发展，也是我们图书馆人在新形式下的新思考。因此，开展各种贴近群众、贴近生活、贴近实际的讲座，组织一些丰富多彩、老百姓喜闻乐见的娱乐活动已经越来越成为公共图书馆非常重要的工作内容之一。但是，如果只凭图书馆的一己之力，是很难将这些工作进行得卓有成效的。公共图书馆要想在市场经济条件下生存和发展，组合和运用社会各方面资源非常重要。

基于以上的认识，同时借鉴国际图书馆界先进经验，2003年，我们成立了杭州市公共图书馆事业基金会，这在国内是第一家为公共图书馆募集捐款的基金会。迄今为止，已经募集到资金、图书、名人字画等价值63万元左右。我们希望基金会能成为杭州地区图书馆募集社会资金的一个平台，作为政府拨款的补

充，我们也以此来探索公共图书馆事业良性循环的发展方向，因此，我们在《公约》中提出，杭州地区各公共图书馆在正确使用好政府拨款的同时，还应培养人们对社会公益文化的扶持意识，接受并鼓励个人、机构和社会组织向杭州市公共图书馆事业基金会捐赠资金、文献及其他实物。

为网聚公众的才能和力量，增加他们对图书馆的亲近感和参与意识，我们把招募志愿者，作为公共图书馆与社会联系的纽带。令我们感到欣慰的是，招募通知发出后，报名者络绎不绝。他们中有艺术工作者，有大学刚毕业的青年，有赋闲在家的老人，还有初为人之父母的夫妻。他们有的是出于公民责任感，希望能够帮助他人，回报社会；有的是想学习一些新技能，积累新经验；有的想通过这个团体结识一些志同道合的朋友；还有的想给自己的孩子作个榜样……

我们希望，公共图书馆能通过各种方式，各种手段融入社会大众的生活中，能真正做到图书馆的工作和人们的生活息息相关。我想，培养公众的图书馆情结，也是文明社会的一个标志吧。

结束语

在一部《管理学》的前言中，记录着一位哲人这样的一段话："科学家给我们的是'知'与'不知'的问题；经济学家带来的是'利'与'害'的问题，道德家告诉我们'可'与'不可'的问题，宗教家告诉我们'善'与'恶'的问题，哲学家讨论的是'智'与'愚'的问题。"我想，我们图书馆人的使命应该是"为书找人，为人找书"，希望"每本书都有其读者，每个读者有其书"。当然，在现阶段，"书"的概念应是宽泛的，今后我们的服务方式也会是越来越丰富的，诚如这个题目所言，公共图书馆发展的藤蔓再长，其工作之果还是要落在为读者服务上面。

城乡共享生活品质[*]

生活品质就是人们日常生活的品味和质量,它包括主观和客观两个方面:客观方面是指社会经济发展水平及个人获得物质的水准,主观方面是指人们对日常生活的满意度。

文化生活品质是生活品质的重要内容,因为人的物质生活和精神层面感受是紧密相连的,人们通过对文化产品的服务和享用,达到身心的愉悦,精神的满足,从而使日常生活质量得以提高,所以,文化生活品质虽然不是生活品质的全部内容,但是可以说有了文化生活,才能改善并提高个人的生活品质。

在文化发展已是社会发展极为重要内容的情况下,公共图书馆如何成为社会文化生活持续发展的推动力,十分重要。当前,国内公共图书馆在认识层面上能够接受国际先进的理念,但是在实际的工作中,缘于体制的束缚、大环境使然,公共图书馆的服务在贴近各级各类的人群上难以有较大的突破,与社会各界的期望存在距离。《国家"十一五"时期文化发展规划纲要》(以下简称《纲要》)的发表从制度上确立了公共文化服务体系由谁来保障、由谁来推动的问题。

---

[*] 原文刊于《图书与情报》2007 年第 5 期。

公共图书馆作为推动文化生活品质的最有效载体，是公共文化的最重要表现形式，它是学校体系之外最重要的社会教育机构，它以向所有人群提供均等的知识支持和文化援助为己任，是社会最大的免费阅读提供者，是公众文化权益保障的基础。联合国教科文组织的《公共图书馆宣言》曾明确阐述："公共图书馆是人们寻求知识的渠道，为个人和社会群体的终身教育、自由决策和文化发展提供了基本条件。"正如范并思教授所言"公共图书馆是一种社会信息保障制度，它的存在使社会中每一成员拥有了自由获取信息、知识、文化服务的权利。"[1]但是，国内的公共图书馆在提供公共文化服务方面与《宣言》所设想的目标和《纲要》"创新公共文化服务方式"的要求还存在不小的差距，因此，扩展和深化公共图书馆的文化服务，是我们面临的一项艰巨任务。

笔者认为，要落实《纲要》的要求，改变当前公共图书馆落后的现状，就应当在创新服务方面花大力气。因为，社会人群对文化需求是多层次、多元化的，我们应摒弃单一、不合时宜的服务方式，拓宽服务领域，创新服务内容，提高服务质量，走贴近群众之路，要改变"一百个读者的心中只有一个模式的图书馆"的状况，使公共图书馆能像莎士比亚笔下的"哈姆·雷特"一样，一千个读者有一千种想像。

创新服务首先应该砍掉图书馆的"门槛"，一个时期以来，图书馆的"门槛"做的很高，称之为"知识的殿堂"，本来这是形容馆藏的丰富，却"变异"为与市民的距离，使得他们望而却步，形成情愿走进书店，也不愿走进图书馆阅览的尴尬。其实，从法理的角度来看，图书馆就是全体市民通过政府委托给我们这些执业者来管理经营的。由于目前公民意识还没有完全觉醒，所以市民没有从维护他们文化权利的方面来要求公共图书馆工作，而是从一个被服务者的角度来希望图书馆改善服务。但随着公民权利意识的强化，他们会逐渐提出诉求，所以敞开"知识之门"，推行"免费、平等、无障碍"的服务，把图书馆办成市民的书房、百姓精神休憩的家园，把面向全体市民、方便全体市民、服务全体人群，作为我们的工作宗旨，是我们的工作重点。如果说"敞开"大门是吸引公众进入图书馆的有效方式，那么让公众投身图书馆文化活动和服务，则是强化大众的公共精神和参与意识的"良方"。文化的"种子"本来就深埋在群众的土壤里，只要气候得宜"种子"就能够萌芽成长，公共图书馆要成为扶持和催生市民公共精神的摇篮，培育公共文化的沃土。杭州图书馆在这个方面做了些实践，利用"图书馆之友社"这个平台，让读者参与杭州图书馆的管理，这些读者是以志愿者的身份来馆帮助工作。我们组织读者中的专家、学者及离退休政府官员开设"文澜讲堂"，让读者讲给读者听；组织读者中的专业演员和文艺爱好者组成演出团，进入社区、农村、部队、监狱、学校、干休所，演出节目，读者演给读者看；聘请作家参与一系列文学创作、读者征文、阅读辅导和编辑出版活动，让读者写给读者阅。所有这些均增加了杭州图书馆的亲和力，拉近了图书馆与社会的距离。

创新服务需要关注的第二个问题是绝不能遗忘广大的农村居民。《纲要》在对农村文化建设方面，要求加大文化资源向农村的倾斜，县（市）图书馆逐步实行分馆制，丰富藏书量，形成统一采购、统一编目的图书配送体系，充分发挥县图书馆对乡镇、村图书室的辐射作用，促进县、乡图书文献共享。

基层公共图书馆发育不良是不争的事实，由于城乡二元结构以及区域间经济发展的差异造成城市与乡村图书馆间存在巨大差距，即使在同一城市内因为区域经济的不同也存在很大的差异，造成有些图书馆，特别是社区、乡镇、村图书馆管理理念落后、管理水平偏低、服务缺乏规范，不能形成对读者的强大吸引力，难以真正实现公共图书馆的职能。

就杭州而言，乡村图书馆的建设经历了从无到有，从点到网的发展。目前已有镇图书馆 20 个，占 133 个乡镇总数的 15%；有村级图书馆（室）585 个，占 3 030 个行政村总数的 19%。通过调研发现，乡村图书馆在发展过程中暴露出来的问题也日渐严峻，总的来看，乡村图书馆数量少，覆盖面较小，现有的图书馆（室）有很大部分处于名存实亡的状态，广大农民看书难的难题仍然没有得到根本解决。究其原因，是乡村图书馆（室）建设未能引起乡镇政府的重视，经费投入难以保证，后续乏力。同样是贫穷的乡村，在印度喀拉拉邦，却出现了不同的景象。在它 15 000 平方英里的土地上，有图书馆 5 000 多个，并出版 3 000 多份报纸杂志，每个乡还有自己的乡报，派发给本乡各家各户。那里人均收入并不高，但生活水准却是印度最高的，人文指标不断改善。图书馆馆员走出馆门，普及内容贴近农村的科技知识，举办文化活动。如喀拉拉邦的安那库林区图书馆，专门委派一名妇女图书馆员负责流动图书室，每周为 200 个农户送书上门。每周组织妇女小组聚会，让妇女读者畅所欲言，不断增加的阅读使这些女人们找到了自我。[2]

对此，我们是否有所感悟？记得一个伟人曾经说过，"对于农村的阵地，社会主义如果不去占领，资本主义就必然会去占领"。套用过来，"公共图书馆不去占领，麻将、赌博馆就会去占领"。因此,应积极落实《纲要》的要求,把建设乡村图书馆看作是打造农村村民生活品质的重要立足点,在体制上有所突破,完善城乡图书馆服务网络的管理体制,把因为经费、人员、技术、管理上存在着的缺陷或处于瘫痪状态的基层图书馆(室),通过县、市图书馆对基层的资源输送,业务辅导,来"激活"这些基层服务点,让它们重新焕发生机,进入正常的业务轨道。

杭州的一位企业家对国内的企业有一个比喻,就是"有些企业是草本基因,经济形势好时春暖花开,形势不好就像遇到冬天,这样的草本企业难以发展,所以需要转变为木本基因。把草变成木,这是一个质的转变,因为树木即使到冬天也只是掉树叶,次年又会长出新枝,而且树干会一年比一年壮,枝叶会一年比一年茂盛"[3]。此话用在图书馆事业上也比较贴切,图书馆必须要有长效发展机制,在"基因"上进行改良,变"草本"为"木本"。

"基因"的改良除了依靠政府的主体拨款外,也要借鉴国外图书馆的管理经验,即借助社会力量加大对图书馆的投入,《纲要》鼓励社会力量捐助和兴办公益性文化事业,这是公益性文化事业在市场经济下生存发展的一条路径。公共图书馆要学会运用和组织社会方方面面的资源,为其所用。现在国内企业家阶层已经形成,不少企业家都在思考社会的责任感,都把担纲社会责任作为企业长青的一种战略手段,公共图书馆应趁势而为,运用合理的、政府给予的优惠政策,积极吸纳社会各界的"善款",开辟公共图书馆经费的新来源,为图书馆事业的发展提供更广泛的财力支持。在这方面杭州图书馆做了有益的尝试,成立全国首家图书馆事业基金会,为募集社会资金,构建了一个良好的社会平台,是一种解决图书馆资金来源单一的有效手段。基金会已募集资金、图书、名人字画等资源,价值人民币七十万元左右,主要用于偏远地区公共图书馆的建设,受到社会各界的普遍好评。另一方面,从捐赠者本身而言,通过这种捐赠"善举",精神得到了升华,身心得到了愉悦,对他而言也是一种生活品质的提升。

文化生活品质的提高不仅应重视人的物质生活,更需要重视人的精神生活,需要更多地关注人的文化素质和精神,公共图书馆作为公益性的社会文化服务机构,承担提高大众的生活品质、提升地区文化力的重任是义不容辞的。公共图书馆应紧扣服务这个主题,努力构建覆盖城乡、区域一体、资源共享、无所不在的公共图书馆服务体系,为普通大众提供充分享受基本文化权利的良好环境。

参考文献

1. 范并思.维护公共图书馆的基础体制与核心能力——纪念曼彻斯特图书馆创建150周年[J].图书馆杂志,2002(11):3-8.
2. 刘健芝.印度的乡村图书馆[EB/OL].(2007-2-18). htep://www.cnreading.org/huyd/hwtg/201009/t20100914_77019.html.
3. 万晓玲,王水福.像跨国公司那样承担责任[EB/OL].(2007-2-13). htep://finance.sina.com.cn/chanjing/b/20070227/21413360860. shtml.

把公共还给图书馆*

2011年新年伊始,一则微博在网络上广泛流传,"我无权拒绝他们入内,但您有权选择离开",杭州图书馆欢迎乞丐入内、对所有人群免费开放的"旧闻"成为媒体关注的热点,甚至引发了一场关于公共图书馆的网络大讨论。央视著名新闻评论员白岩松在《新闻1+1》栏目中除了对以杭州图书馆为代表的国内部分公共图书馆平等、免费开放的做法表示了赞赏之外,还希望中国所有的公共图书馆在"公共"的道路上可以做得更好、走得更远,表达了把"公共"还给图书馆的愿望。

1. 中国的公共图书馆没有"公共"很久了吗?

答案是肯定的。

一个时期以来,由于指导方针的缘故,公共图书馆无论是愿意还是不愿意都已把盈利创收作为了一种主要工作业绩来追求,甚至提倡以馆养馆。 部分理论工作者还发表了不少文章予以阐述、弘扬、推广,以致使图书馆工作本身与其公共职能之间的距

---

* 原文刊于《图书馆》2011年第3期。

离越来越远，导致了图书馆的社会服务功能越来越萎缩，与时代的发展格格不入，使得人们对图书馆的认识不仅停留在传统的典、藏、阅，甚至还有倒退。图书馆是培训机构？租书馆？抑或是文化公司？以至于在一般市民的观感中，图书馆受欢迎的程度还不如一个书店。这些都造成了图书馆作为一个行业不仅被边缘和弱化，更是岌岌可危。在此情形下，21世纪初由《图书馆》杂志发起的恢复"公共图书馆精神"运动，希冀图书馆的公共精神能够得到回归，希望对一个时期以来公共图书馆的工作方式、运作模式、理念精神进行一次全面的反思，并实现有效转型，回归公共文化服务的主流。在这场大讨论中，业界支持的人多，反对的人也多。而持反对意见的人中，有较大部分是出自于对"政府政策不到位"的自然反应。虽然最终大家对公共图书馆应恢复"公共"的认识基本趋向一致，但是在实际工作中，由于种种原因，公共图书馆的公共精神还是没有得到很好的恢复和落实。而此次白岩松在央视上所表达的把"公共"还给图书馆的愿望，既可以将其看作是社会对图书馆公共职能回归的一种呼唤，也可以视作是希望公共图书馆吹响公共精神回归的集结号，应引起我们业界的深刻反思和响应。

其实，公共图书馆在新中国的历史上也有过它的黄金时期，那时的图书馆职业还是得到社会的理解和尊重的。因为当时公共图书馆知识服务的性质是明确的，实行的服务也是免费的。虽然因为馆藏数量和服务能力等原因，办借书证可能不是那么容易，在以阶级划分的社会中，图书馆对各种人群的服务也存在着一定差别，但其"公共"的性质是客观存在的，总体也是吻合当时的社会制度的。但是，图书馆是一个生长的有机体，社会发展了,图书馆的工作方式、运行模式也需要不断调整,以适应新的社会现实。比如我国以前的城市图书馆在名称中都不强调"公共",因为当时的社会实行的是全民国家所有制,没有必要再特别说明其公共性。但是在当前市场经济条件下,私营经济不断扩张,多元资金投入机制正在形成,政府主办的城市图书馆是不是就有必要在名称中表达出其"国办公共"的性质,比如"杭州图书馆"可以叫做"杭州公共图书馆",这与新中国成立前在公共图书馆前都冠以"国立"的概念是一样的。所以,我个人认为,我们是否有必要发起一场恢复公共图书馆冠名的运动,以此来明确公共图书馆的"公共"性质,明确行业定性和工作定位。

恰逢其时,不久之前,文化部、财政部联合下发了《关于推进全国美术馆 公共图书馆 文化馆(站)免费开放工作的意见》(文财务发〔2011〕5号)(以下简称《意见》)。这是一个鼓舞人心的文件,也是一个时期以来最具社会影响的文化政策,困扰业界很久的有关公共图书馆公共性质和公益性原则终于得到了国家政策的明确。有业界专家学者指出,"图书馆是一种保障知识自由和信息公平的社会设计,是一种典型的社会公共产品",作为社会之公器的公共图书馆终于有了制度上的保障。在我国的公共图书馆已经没有"公共"很久的情况下,《意见》的颁布是图书馆公共精神回归的一个良好契机,理应得到我们的鼓与呼。

2. 城市图书馆回归"公共"以后可以成为公共文化大发展大繁荣的有力抓手

中共十七大提出了要推动社会主义文化大发展大繁荣,其目的在于激发全民族文化创造活力,提高国家文化软实力,使社会文化生活更加丰富多彩,人民精神风貌更加昂扬向上;其实质就是满足人民群众日益增长的文化需求,通过政府主办的各级各类文化设施对公众实行免费的、无差别的服务,使得公众的信息获得、知识交流、情感交融非常方便,不会因为财富、地域等原因得到限制。而这一切,恰恰是《意见》的核心思想和价值所在。

但是,推动任何一项文化工程都需要有一个强有力的抓手和着力点,并以此来统筹和实现最终设计。我个人认为,就目前来说,把着力点放在各级各类公共图书馆是代价最低的。因为从现状来看,现代中国再也没有一个像公共图书馆这样体系更完善、架构更立体、内容更丰富、手段更先进、历史更悠久、积淀更深厚、理论更科学、人员更专业、联系更广泛的专业组织了,其服务不仅遍布城乡,而且可以实践地区与地区、国家与国家、民族与民族之间的知识传播和文化交流,为文化多样性的实现提供了可能。因此,我们可不可以这样认为,发展公共文化事业就是要把公共图书馆建设当成重中之重来抓,将其纳入到每一个城市的发展战略中,成为一种真正的制度设计。

或许有人会提出不同看法,公共文化事业应该有多种经营、多种内容、多种形式。我不否认这样的意见,发展公共文化确实应该诸馆并重,但是,不管怎样,还是需要有一个着力点来统筹和有所侧重。数百年来,图书馆一直有着深厚、持续、成体系的理论支撑,现代意义上的公共图书馆更是具备了开放、多元的文化态势,在功能设计上已经从传统意义上的典、藏、阅扩展到了包括公益性讲座、展览、沙龙、信息服务、教育培训、文化演出等多元化的服务方式,使得图书馆不再是一个"小阅读"的概念，而是有了"大文化、大阅读、大交流"的内涵。另一方面，通过现代通讯和数字技术的结合，公共图书馆已经实现了多时空、全媒体的服务，数字空间与物理空间的结合，使得图书馆变成了一个"触手可及，无处不在"的文化空间。这样的文化空间毫无疑问是任何行业都无法取代的。因此，我们有理由认为，公共图书馆必须做大做强，在"公共"的性质上加大力度。

为此，《意见》的核心精神必须得到贯彻，各级各类公共图书馆应该毫不犹疑地排除干扰，争取政策，早日实现"公共"的回归。政府则必须从文化战略的高度，从发展文化事业的高度来推动公共图书馆有钱办事、有房办事、有人办事："有钱"就是要解决各级各类公共图书馆办公经费、购书经费、活动经费以及工作人员的福利待遇的问题；"有房"就是要建设一流的、体现地域特点的、表达地方文化特色的、开放的、智能的图书馆建筑；"有人"就是要为图书馆配足编制，完善人员架构，满足现代图书馆服务对"人"的要求。只有这样，公共图书馆才能健康有效地运行，"公共"也才能得到真正的回归。

但愿，把"公共"还给图书馆，再也不仅仅是一种呼唤，而是一种"实至名归"。

论公共图书馆和公共文化服务体系 *

1 公共文化服务和公共文化服务体系

"公共文化服务"和"公共文化服务体系"概念是在我国进入经济社会协调发展和政府职能转型的背景下提出的。之后，我国的一些学者开始对"公共文化服务"和"公共文化服务体系"建设进行专门的研究，发展出了一系列的理论。

1.1 公共文化服务

目前学术界对"公共文化服务"的界定最主要的争辩是围绕公共文化服务的"公共性"展开的。主要有两种代表性的界定：

一种是经济学范式定义，即把公共文化服务区别于以一般市场方式提供的文化商品（产品及服务）的文化类公共产品及其相关活动，运用经济学或制度经济学的相关概念，讨论公共文化服务的公共属性，把之归类于公共物品，把公共文化服务直接与具有经营性的非公共物品对应，从而进一步总结出公共文化服务具

---

* 本文节选自《公共图书馆概论》一书。

有的文化性、公益性、社会性、非营利性等特点。对公共文化服务的这种经济学范式认识往往造成误解，把公共文化服务简单理解为由政府或文化事业单位等公共部门或机构向社会公众提供免费享受的文化产品或服务。

另一种是管理学范式的定义，把公共文化服务理解为除公共文化产品或文化服务提供外，还包括文化政策服务（包括文化相关法律、法规、政策等）和文化市场监管服务。后者的界定较前者在理解上突破了公共文化服务单纯具化为物态层面的含义，认识到了公益文化事业与经营性文化产业的分类，及政府或文化行政管理部门对文化市场或文化产业发展的管理，并从中可以延伸对公共文化服务的政府公共财政投入、文化发展政策制订、体制改革与机制创新等内容，应该说更为科学和全面，但这种界定也存在把政府确定为公共文化服务的唯一主体之嫌，同样缩小了公共文化服务的内涵和外延。

综合以上两种定义，我们可以把"公共文化服务"界定为是政府主导的、以保障公民基本文化权益、满足公众基本文化需求为目标的基本文化服务。在现阶段，公共文化服务主要包括保障人民群众读书看报、听广播看电视、进行公共文化鉴赏、参与大众文化活动等内容。"公共性"是公共文化服务的基本特点。

1.2 公共文化服务体系

对"公共文化服务体系"的内涵的界定是建立在"公共文化服务"概念的基础上的，不同的学者和研究单位对公共文化服务体系进行了不同的解释。

蒋永福指出，公共文化服务体系是为保障公民的文化权利，向公众提供公共文化产品和服务行为及其相关制度与系统的总称,它是政府公共服务体系的有机组成部分。一般由公共文化政策体系,公共文化生产、运营体系,公共文化信息体系,公共文化资金保障体系,公共文化人才体系,公共文化创新体系,公共文化监督和评估体系几部分构成[1]。

深圳文化局"公共文化服务体系研究"课题组把公共文化服务体系划分为公共文化设施体系、公共文化网络体系、公益性文化服务体系和公共文化管理体系[2]。

申维辰认为,公共文化服务体系主要包括先进文化理论研究服务体系、文艺精品创作体系、文化知识传授服务体系、文化传播服务体系、文化娱乐服务体系、文化传承服务体系、农村文化服务体系等[3]。

李国新认为,公共文化服务体系是政府提供普惠型公共文化服务的保障机制和实现途径。公共文化服务体系主要包括五大体系:设施网络覆盖体系;产品生产服务供给体系;人才、资金和技术保障体系;组织支撑体系;运行评估体系。一个较为完善的公共文化服务体系至少应具备三方面的特点:设施,应具备规划科学、布局合理、固定网点和流动服务相结合、实现全覆盖的特点;服务,应具备普遍均等、全民共享、方便快捷、优质高效的特点;体制机制,应具备低成本、高效益、充满活力、富有效率的特点[4]。

从以上定义可以看出,虽然在表述上不尽一致,但国内学术界对公共文化服务体系概念的界定在本质上还是一致的,一是"公共性",体现和普世价值;二是由政府主导;三是需要多个体系的支撑。

2 公共图书馆在公共文化服务体系中的地位和作用

公共文化服务体系建设是保障公民基本文化权利、繁荣和发展社会主义先进文化、构建社会主义和谐社会的必然要求，对于促进人的全面发展、提高全民族的思想道德和科学文化素质、建设富强民主文明和谐的社会主义现代化国家有着重要意义。在公共文化服务体系建设中，公共图书馆有着十分重要的地位和作用。

2.1 公共图书馆的公共性与公共文化服务体系的公共性是完全一致的

从公共图书馆产生和发展的历史来看，它天然就带着"公共"的基因。1852年诞生的曼彻斯特公共图书馆是世界上第一家现代意义的公共图书馆，之所以将其视作第一家，就是因为它由地方当局授权管理，由地方税收支出支持，对所有纳税人（实际上也就是所有社会公众）免费开放，提供知识和信息服务，体现了公共图书馆的公共精神和普世价值。我国现代意义上的公共图书馆始于徐玉兰的古越藏书楼，也正是因为其"存古开新"的藏书宗旨和"开放"的办楼理念实践了图书馆"共用"的理念，体现了图书馆的公共价值。

联合国教科文组织颁布的《公共图书馆宣言》表达了全世界共同认可的公共图书馆理念，虽然经过多次修改，但其核心和本质还是"公共"、"平等"和"免费"。"每一个人都有平等享受公共图书馆服务的权利，而不受年龄、种族、性别、宗教信仰、国籍、语言或社会地位的限制","公共图书馆原则上应当免费服务,建立公共图书馆是地方和国家当局的责任,必须专门立法维持公共图书馆,并由国家和地方政府财政拨款"[5],这些表述都明确表明了公共图书馆的服务目的、功能、服务价值观以及投入责任的公共性。

2008年中国图书馆学会发布的《图书馆服务宣言》在开篇就明确指出:"现代图书馆秉承对全社会开放的理念,承担实现和保障公民文化权利、缩小社会信息鸿沟的使命。中国图书馆人经过不懈的追求与努力,逐步确立了对社会普遍开放、平等服务、以人为本的基本原则。"[6]这与《公共图书馆宣言》所体现出的精神是一脉相承的。而早在2006年,杭州图书馆就倡导整个杭州地区的公共图书馆订立了《杭州地区公共图书馆服务公约》,承诺整个地区公共图书馆的基本服务免费。这些都体现了我国图书馆界对公共图书馆公共性的认同和实践。

由以上事实可以看出,公共图书馆事业是公共事业,以"公益"为使命;公共图书馆资源是公共资源,以"公享"为取向;公共图书馆服务是公共服务,以"公平"为原则;公共图书馆管理是公共管理,以"公共精神"为理念,公共性是公共图书馆与生俱来的本质属性。

公共图书馆的公共属性决定了公共图书馆是承载公共文化服务体系"普遍均等、全民共享"核心价值的最好载体,是最能完整地体现公共文化服务精神的组织。公共图书馆与公共文化服务体系建设具有天然的联系,公共图书馆公益、公共、均等的精神,与公共文化服务体系的理念是完全一致的。

2.2 公共图书馆是最能完整诠释公共文化服务的内涵和外延的社会组织

2.2.1 公共图书馆有着最完善的体系架构

从纵向来看，公共图书馆服务体系包括中央，省（市、自治区），市，县，乡镇，村六级公共图书馆服务体系。从横向、即地区公共图书馆服务体系来看，主要有城市公共图书馆服务体系和农村公共图书馆服务体系两大块，城市公共图书馆体系主要是指大中城市的市、区、街道、社区四级公共图书馆服务网络；农村公共图书馆体系主要是指县、乡镇、村三级公共图书馆服务体系。这样的服务体系涵盖了整个社会的各个层面，其最具广泛性也最具包容性。

2.2.2 公共图书馆有着最丰富的内容构成

公共图书馆本身是提供公共文化服务的重要场所，丰富的馆藏资源使得公共图书馆成为区域信息中心，为社会公众提供免费、均等的知识和信息服务。

公共图书馆还具有文化休闲的功能。公共图书馆提供多种形式的文化娱乐活动，它可以是市民的"第二起居室"、交流情感的"会客厅"，也可以是集文、声、像等多媒体形式于一体的休闲中心，还可以是会展中心、特色博物馆、书店……与一般的休闲娱乐场所不同，公共图书馆特有的物质环境、管理水平、行为规范、学术风气、价值观念赋予了休闲娱乐新的文化内涵，在成为居民"第三文化空间"的同时也保证了公共文化服务体系功能的发挥。

公共图书馆还是人们进行再教育及终身教育的场所。《公共图书馆宣言》认为支持个人自学以及各级正规教育，应当成为公共图书馆服务的核心内容之一。作为免费的城市教室和市民课堂，公共图书馆是在人民的思想中树立和平观念和丰富人民大众的精神生活的重要工具。

公共图书馆的这些丰富的内容构成使得公共图书馆与其他社会文化机构相比，可以为公众提供最为丰富的公共文化服务。

2.2.3 公共图书馆有着最完备的服务手段

阮冈纳赞曾说："图书馆是一个不断生长的有机体。"这说明了公共图书馆是一直跟随着时代的步伐、与最先进的科学技术融合在一起的。这样的进步与融合使得公共图书馆有了最完备的服务手段。比如公共图书馆引进信息和数字技术发展数字图书馆服务，使得全时空、全媒体、随时随地、触手可及的图书馆服务成为可能；公共图书馆引进 RFID 技术进行业务管理，使得图书馆服务更加方便、快捷、优质、高效等。这些完备的服务手段使得公共图书馆可以最好地落实并实现公共文化服务体系所要求的各种目标。

2.2.4 公共图书馆有着最强大的服务支撑

如果从 1852 年现代意义上的公共图书馆曼彻斯特公共图书馆的诞生算起，公共图书馆已经有了近 160 年的历史；如果从古老的亚历山大图书馆算起，那么可以说公共图书馆从萌芽开始已经走过了将近 2000 年的发展历程。在这一漫长的过程中，图书馆学发展出了完整的理论体系，并且还在不断地深化和成长。深厚的学科理论对公共图书馆工作起了强有力的指导和支撑作用。图书馆学还有着从本科教育到博士教育、从学校教育到职业教育的针对不同层级的完备的教育体系，为公共图书馆事业培养了大批专业人才。科学的理论和专业的人员使得公共图书馆服务有了坚实的支撑,也使得公共图书馆事业有了强大的生命力和不断发展的可能。

从以上事实可以看出,再也没有一个像公共图书馆这样架构更立体、联系更广泛、内容更丰富、手段更先进、历史更悠久、理论更科学、人员更专业的社会文化组织了,其服务遍布城乡,实践着地区与地区、国家与国家、民族与民族之间的知识传播和文化交流,实践着"普遍均等、惠及全民"的多样性文化服务。因此,公共图书馆是公共文化最重要的组成部分,公共图书馆在公共文化服务体系建设中起着主导和中心的作用。

3 公共图书馆在公共文化服务体系中的价值体现

公共图书馆在公共文化服务体系中的价值不但体现在各地公共图书馆对"普遍均等、惠及全民"的公共图书馆服务体系的构建上,也体现在公共图书馆在国家重点文化工程项目中起到的主要且不可替代的作用上。下面列举公共图书馆承担的几个国家重点文化工程项目。

3.1 全国文化信息资源共享工程

3.1.1 工程概况

全国文化信息资源共享工程(以下简称"文化共享工程")是由文化部和财政部共同组织实施的国家重大建设工程,于2002年4月正式启动。

文化共享工程是用高新信息技术组织的我国一项基础性、标志性文化创新项目，其资源内容汇聚了全国图书馆、博物馆、美术馆、艺术研究机构、艺术表演团体等系统的各类优秀文化信息资源，包括文献资源、地方剧目、影视作品、音乐作品、美术作品、珍贵文物及社会公众文化信息资源等多种形式。通过应用现代科学技术，文化共享工程将这些优秀的中华文化信息资源进行数字化加工整合，通过工程网络体系，以互联网、卫星、移动存储、镜像、光盘、有线电视/数字电视网等方式，实现信息资源在全国范围内的共建共享。在文化共享工程的服务体系中，群众可以随时阅读电子图书，听音乐，听讲座，观看电影，欣赏戏剧、曲艺、舞蹈等艺术表演，学习科技法律、文化艺术、衣食住行等方面的相关知识，接受远程培训，参加远程会议等，享受到多种形式的文化服务。

全国文化信息资源共享工程自启动以来，受到了党和国家的高度重视，连续六年被写入中央一号文件，先后被列入我国《国民经济和社会发展第十一个五年规划纲要》、《国家"十一五"时期文化发展规划纲要》、《2006—2020年国家信息化发展战略》、《国家中长期教育改革和发展规划纲要（2010—2020）》、《国家"十二五"时期文化发展规划纲要》、《关于贯彻实施＜中国农村扶贫开发纲要（2001—2010年）＞重要措施分工方案的通知》。胡锦涛、温家宝同志多次就文化共享工程的建设做出重要指示。中央财政和各级地方财政已投入专项建设资金57.84亿元，为工程的顺利实施提供了保障。

3.1.2 工程总体目标

文化共享工程的总体目标是充分利用现代高新技术手段、国家骨干通讯网络系统，整合中华优秀传统文化以及现有的各类文化信息资源,扩大网上中华文化信息资源的存储、传播和利用,实现全国文化信息资源的共建共享,建成互联网上的中华文化信息中心和网络中心,实现优秀文化信息通过网络为大众服务的目标。

这一目标可以细分为三个框架的建设:

网络框架。实现网络联网的"135"计划,即实现1个国家中心、30个以上省级分中心和5 000个以上县、乡、街道和社区基层网点的联网。在建设国家中心的基础上,建设30个以上省级分中心或专业分中心;借助国家骨干通讯网,在分中心的周围搭建起一个包括全国5 000个以上的县、乡、街道和社区图书馆或文化馆、文化站的联网系统,实现数字文化信息资源的广泛传播与利用。

资源框架。① 完成全国图书馆、博物馆、美术馆、艺术研究等机构的文化信息资源联合目录。联合全国图书馆、博物馆、美术馆、艺术院团、科研机构等,有计划地对原有数据整合及新数据制作,建成上述机构的文化信息资源联合目录,搭建起一个公益性的元数据交换平台,为实现文化信息资源的共知、共建、共享及开展网上服务奠定基础。② 完成以"百万册(件)文献共建"与"四个一优秀作品"为核心的数字资源建设,即完成100万册(件)文献、1 000台优秀地方剧目、1 000部优秀音乐作品、1 000部优秀美术作品、1 000件珍贵文物的数字化,并提供网上服务。③ 整合贴近大众生活的社会文化信息资源。围绕与人们日常生活息息相关的内容,建设一批贴近大众日常生活的科普知识、法律常识、生活礼仪、农业科技、卫生保健以及百科知识等资源库,以潜移默化的方式传播先进文化。④ 建设支持文化信息资源共建的基础信息资源。把一些具有共性的信息资源集中进行建设，形成基础信息资源库提供有关的资源建设单位共同使用，以避免信息资源的重复建设。

服务框架。通过文化信息资源联合目录，建立网上文化信息资源导航系统；利用由国家中心、省级分中心以及基层中心组成的网络开展服务。通过在各级中心之间建立交换和通信机制，在各中心之间实现信息的高速共享，从而充分发挥各级中心的服务职能，满足基层群众对于科普、教育、文艺等多方面的资源需求。同时利用文化信息资源联合目录和各级中心的信息导航功能，建立网上资源导航系统，促进科技、教育、农业等已有的专业网络信息资源的传播，并开展网上参考咨询工作。

3.1.3 工程实施步骤

文化共享工程分三个阶段实施：

第一阶段（2002年）。组建"共享工程"领导小组和专家咨询委员会；制定"共享工程"专项资金管理办法；调研并制订有关标准规范；完成国家中心与若干省级分中心以及300个基层中心的联网；完成国家中心与文化部直属试点单位的联网；建立文化信息资源共享结算系统；完成资源建设总量的20％，并提供服务。

第二阶段（2003—2004年）。采购、制作、整合各类数字文化信息资源；搭建元数据共享平台，联合目录系统投入试运行；完成国家中心与所有分中心的联网以及分中心下属3 000个基层中心的联网；完成文化部直属单位的联网；完成资源建设总量的60％，并提供服务。

第三阶段（2005年）。全部完成资源建设规划，并提供服务；完成总体目标中的县、乡、街道、社区、基层中心的建设与联网。

在完成上述目标任务后,2006年,文化部制定并颁布了《全国文化信息资源共享工程"十一五"发展规划(2006—2010)》,提出了下一阶段的工作目标及实施步骤。

2007年,《中共中央办公厅、国务院办公厅关于加强公共文化服务体系建设的若干意见》中进一步明确了"到2010年基本建成覆盖城乡的文化信息资源共享工程服务网络"的目标。9月17日文化部与各省、自治区、直辖市签订《2007—2010年全国文化信息资源共享工程建设责任书》。

3.1.4 工程成果

在党中央、国务院的正确领导下,在各级党委、政府的大力支持下,八年多来特别是"十一五"期间,文化共享工程建设取得了显著的进展,已初步建立了层次分明、互联互通、多种方式并用的数字文化服务网络。截至2010年底,文化共享工程已建成1个国家中心,33个省级分中心(覆盖率达100%),2 867个县级支中心(覆盖率达95%),22 963个乡镇基层服务点(覆盖率达67%),59.7万个村基层服务点(覆盖率达98%),累计为9.6亿人次提供了服务。通过广泛整合图书馆、博物馆、美术馆、艺术院团及广电、教育、科技、农业等部门的优秀数字资源,文化共享工程数字资源建设总量已达到108TB,整合制作优秀特色专题资源库207个。文化共享工程走进农村、走进社区、走进军营、走进学校、走进企业,初步满足了基层群众"求知识、求富裕、求健康、求快乐"的需求,受到广泛欢迎。

3.1.5 公共图书馆和文化共享工程

文化共享工程是新形势下构建公共文化服务体系、惠及千家万户的一项重要文化基础工程，是政府提供公益性服务的重大文化项目，是实现广大人民群众基本文化权益的重要途径，对于打破落后地区信息闭塞的状况，缩小"数字鸿沟"，提高广大人民的科学文化素质，推进社会主义文化大发展大繁荣和建设和谐社会，具有重要作用。

公共图书馆在文化共享工程项目中发挥了重要的基础性作用，文化共享工程的全国中心设在国家图书馆，省级分中心、市支中心、县支中心都依托各地的公共图书馆建立，乡镇及村级基层服务点也都是都过市、县支中心发展和推进的，可以说，公共图书馆是文化共享工程得以顺利推进的主要力量，体现了在我国公共文化服务体系建设中的重要价值。

当然，文化共享工程的建设也在客观上推动了各地公共图书馆的发展。文化共享工程改善了公共图书馆的现代化基础设施建设，提升了公共图书馆的现代化服务水平；培养了一批图书馆计算机信息化人才，提高了公共图书馆的整体计算机信息化程度；拓展了公共图书馆的服务功能，增强了图书馆活力。这些作用在县级公共图书馆层面上体现得尤为明显。

3.2 中华再造善本工程

中华再造善本工程是一项重要的文化工程，于2002年正式立项，由财政部、文化部共同主持，国家图书馆具体承办，其开始实施要早于中华古籍保护计划。

中国的雕版印书始于初唐，成于五代，盛于两宋，旁及辽、西夏、金，延袤于元、明、清，时间跨度约为1 300多年。在这1300多年的时间中，典籍大量散佚，经过新中国成立后的一系列搜集、抢救、发掘和整理，目前全国图书馆系统收藏的古籍约为2 750万册，其中善本250万册。在这些现存的古籍善本中，传世孤本只有45 000余种，准孤本（仅存两部）约4 100种，出于保护古籍的需要，图书馆及各种文物收藏单位基本上将其封存于书库中秘不示人，不仅利用率很低，因为收藏条件及工作人员古籍修复水平的限制，这些珍贵古籍还面临着被毁坏的风险，亟待抢救、保护和合理开发利用。基于此，文化部、财政部会同国家图书馆等单位，经过充分调研论证，提出启动兼顾文物保护与利用的中华再造善本工程。希望应用现有的影印技术，将现有的珍稀善本进行"再造"，通过大规模、成系统的复制出版，使其化身千百，为学界所应用，为大众所共享，从而确保珍贵文献的传承安全，促进古籍善本最大限度的传播和利用。

国家图书馆、北京图书馆出版社承担了再造善本的编辑出版工作。在财政部、教育部、文化部等上级领导机构的支持下，在协作单位的配合下，通过对国家图书馆、100多所高等院校图书馆、31家省级公共图书馆以及其他国内外图书馆、学术机构、收藏单位及个人珍稀古籍的搜集整理，有计划地利用现代印刷技术复制，适量出版。并根据所选用底本的文物、学术价值和版本特点，采取不同的"再造"方式。例如：选择具有珍贵文物价值的古籍善本，仿真复制后，可以分藏于国家图书馆和各省、自治区、直辖市图书馆；选择部分具有学术研究价值的古籍善本，依据需求适量出版；选择具有特殊意义的古籍善本，进行特别的印装设计，用以作为中外文化交流的馈赠品等。

中华再造善本工程共分5编，为《唐宋编》、《金元编》、《明代编》、《清代编》和《少数民族文字文献编》，每编下以经、史、子、集、丛编次。选录范围以我国内地收藏为主，兼收香港、澳门、台湾地区的藏品。首批成果于 2002 年 12 月出版发行，共推出 34 种兼具文物价值和学术研究价值的古籍善本影印，均为国家图书馆馆藏的海内孤本。2007 年，工程一期完成，出版《唐宋编》和《金元编》共 758 种 1 394 函 8 990 册，无论版本还是印刷质量，都是中国善本古籍中的珍品。

2007 年，中华古籍保护计划启动，《中华再造善本》作为古籍再生性保护的典范，成为中华古籍保护计划的重要组成部分。

2008 年，中华再造善本工程二期工作启动。二期选目主要以明清两代珍稀古籍为主，同时针对一期选目所遗漏的珍贵古籍查缺补漏，选择的重点是明、清两代版本稀少、文献及学术价值较高的珍贵古籍，其中，大部分属国家一、二级古籍及入选第一批《国家珍贵古籍名录》的古籍。目前，中华再造善本工程编纂出版委员会组织专家已初步完成选目 556 种，包括明代编 323 种、清代编 243 种。

中华再造善本工程对我国古代各时期的珍贵古籍予以完整、系统地再现，对保护和利用中华珍贵古籍，弘扬传统文化具有重要意义。

3.3 中华古籍保护计划

3.3.1 工程概况

2007 年，国务院办公厅发布《关于进一步加强古籍保护工作的意见》（国办发［2007］6 号），提出在"十一五"期间大力实施"中华古籍保护计划"。4 月 30 日，国务院批复同意由国家发展和改革委员会、财政部、教育部、科技部、国家民族事务委员会、宗教局、新闻出版署、文化部、文物局等九个部委组成"全国古籍保护工作部际联席会议",联席会议办公室设在文化部;国务院要求各成员单位按照现有职能分工,认真履行职责,密切配合,共同做好古籍保护工作,其后中医药管理局增补进入联席会议。5月25日,中国国家古籍保护中心正式成立,中心设在国家图书馆。中心的主要职能是作为全国古籍保护的普查登记中心、古籍工作培训中心、古籍保护研究中心,协调全国的古籍保护工作。随后各省级古籍保护中心陆续挂牌成立,并行使职能。至此,"中华古籍保护计划"在全国范围内全面展开。

中华古籍保护计划的内容主要有五个方面:一是统一部署,从2007年开始,用3到5年时间,对全国公共图书馆、博物馆和教育、宗教、民族、文物等系统的古籍收藏和保护状况进行全面普查,建立中华古籍联合目录和古籍数字资源库;二是建立《国家珍贵古籍名录》,实现国家对古籍的分级管理和保护;三是命名"全国古籍重点保护单位",完成一批古籍书库的标准化建设,改善古籍的存藏环境;四是培养一批具有较高水平的古籍保护专业人员,加强古籍修复工作和基础实验研究工作,逐步形成完善的古籍保护工作体系;五是进一步加强古籍的整理、出版和研究利用,特别是应用现代技术加强古籍数字化和缩微工作,建设中华古籍保护网,完成"十一五"国家古籍整理重点图书出版规划,开展中华再造善本二期工程,使我国古籍得到全面保护。

3.3.2 重点项目之"全国古籍普查"

作为"中华古籍保护计划"的重要组成部分,从2007年开始,文化部在全国范围内组织开展了古籍普查登记工作,全面了解和掌握各级图书馆、博物馆等单位及民间所藏古籍情况，对登记的古籍进行详细清点和编目整理，建立中华古籍综合信息数据库，形成中华古籍联合目录，以便于古籍保护、管理和利用。这是我国第一次开展大规模的古籍普查工作。

此次全国古籍普查的范围包括我国境内的国家图书馆、各公共图书馆、高等院校图书馆、科研单位图书馆、文博图书馆（藏书楼）、宗教单位图书馆（藏经阁）等；个人或私人收藏机构也可以纳入普查范围。流失海外的珍贵古籍，由国家图书馆牵头，通过与海外藏书机构合作等方式开展调查工作，逐步建立海外中华古籍信息数据库。普查的主要内容包括：古籍基本信息、破损信息和保存状况信息以及收藏单位的基本状况等。

为使古籍普查工作顺利开展，文化部专门印发了《全国古籍普查工作方案》（2007年8月），对古籍普查的工作方案、普查范围、任务分工、工作步骤、工作要求等作了明确规定，并以附件的形式一并下发了全国古籍保护试点工作方案、《国家珍贵古籍名录》申报评审暂行办法、"全国古籍重点保护单位"申报评定暂行办法等文件。为了保证全国古籍普查及保护工作的科学化规范化开展和有章可循，文化部又委托国家图书馆联合部分古籍收藏量大的单位和专家一起制定了《古籍普查规范》、《古籍定级标准》、《古籍特藏破损程度定级标准》、《古籍修复技术规范与质量要求》（2008年7月此标准已经升级为国家标准）、《图书馆古籍特藏书库基本要求》、《图书馆古籍修复人员任职资格》等六个相关标准、规范。

在全面普查基础上，文化部于2007年9月中旬开始组织首批"国家珍贵古籍名录"和"全国古籍重点保护单位"的申报工作。文化部制定了评审的规则，聘请了各个相关学科的专家对各收藏单位和私人收藏家申报的古籍以及申报古籍重点保护单位的材料进行评审。2008年3月1日，首批《国家珍贵古籍名录》2 392种及"全国古籍重点保护单位"51家由国务院正式批准颁布。首次评审的成功为实质推进古籍保护工作奠定了基础，此后，国务院又正式批准颁布了第二批及第三批《国家珍贵古籍名录》和"全国古籍重点保护单位"。2011年7月，第四批《国家珍贵古籍名录》和"全国古籍重点保护单位"的申报工作正式启动。

"全国古籍普查"项目是新中国成立以来在全国范围内进行的第一次全面深入的古籍调查。对于全面了解和掌握各级图书馆、博物馆等单位及民间所藏古籍情况，对登记的古籍进行详细清点和编目整理，建立中华古籍综合信息数据库，形成中华古籍联合目录等方面都有着重要的意义。古籍普查是古籍保护的基础性工作，是古籍抢救、保护与利用工作的重要环节。目前，此项工作目前还在进一步地推进中，普查工作将会从国内普查逐步推进到海外收藏中文古籍的寻访中。

3.3.3 公共图书馆与中华古籍保护计划

中华古籍保护计划对于充分发挥古籍在传承中华文化中的重要作用，提高人民群众思想道德素质和科学文化素质，增强民族凝聚力，促进社会主义先进文化建设和推动世界文明的发展有着重要意义和作用。公共图书馆是中华古籍保护计划工程中最主要的组成力量。首先，国家古籍保护中心就设立在国家图书馆，由其来统筹全国各个系统各个行业图书馆的古籍保护工作。不论是在全国古籍普查工作还是在中华再造善本工程中，各级公共图书馆都发挥了重要作用，他们高度重视并全力配合国家的古籍保护工作，在做好本馆古籍清查、登记和保护利用的基础上还承担了大量本地区民间珍贵古籍的搜集整理工作，为摸清中国古籍家底做出了积极贡献。

另一方面，中华古籍保护计划工程也极大地推动了公共图书馆古籍工作的标准化和现代化的进程。在为各级公共图书馆古籍保护工作提供资金支持的基础上还培养了一大批古籍鉴定、修复方面的专门人才，为公共图书馆古籍工作的可持续发展提供了重要的技术支持和人员支撑。

3.4 数字图书馆推广工程

3.4.1 建设目标

为进一步推动数字图书馆的建设，2011年5月，文化部、财政部联合印发《关于实施"数字图书馆推广工程"的通知》，决定于"十二五"期间在全国实施数字图书馆推广工程。工程的建设目标是：推广国家数字图书馆工程的理念、技术、标准，通过建设"一库一网三平台"，打造基于新媒体的图书馆服务新业态，即建设分级分布式数字资源库群，形成覆盖全国公共图书馆的数字图书馆虚拟网，建设优秀中华文化展示平台、开放式信息服务平台和国际文化交流平台；借助手机、数字电视、移动电视等新兴媒体，以互联网、移动通信网、广电网为通道，为政府立法决策、教育科研、公民终身学习等提供多层次、多样化、专业化、个性化的数字图书馆服务。

3.4.2 建设内容

构建覆盖全国公共图书馆的数字图书馆虚拟网。将国家数字图书馆工程已建成的标准规范、软硬件系统和资源建设成果在全国各地公共图书馆推广使用，构建以国家数字图书馆为核心，以省级数字图书馆为主要节点，覆盖全国公共图书馆的数字图书馆虚拟网，支持全国各地区数字图书馆间资源与服务的全面共建共享。

建设分级分布式数字资源库群，实现数字资源无障碍共建共享。建设分级分布式数字资源库群，在全国范围内形成有效的数字资源保障体系。依托覆盖全国公共图书馆的数字图书馆虚拟网，建立数字资源共建共享机制，实现全国公共图书馆资源与服务的无缝集成。

建设多层次、多样化、专业化、个性化的数字图书馆服务平台。"数字图书馆推广工程"将在构建海量分布式资源库群的基础上，对数字资源进行有效的组织、整合、知识挖掘，实现元数据集中与统一检索，依托互联网、移动通信网、广电网，建立满足不同需求的数字图书馆服务平台。

3.4.3 实施步骤

工程的实施包括软硬件平台搭建、资源建设、新媒体服务构建及人员培训等内容。

基础构建阶段。2011—2012年为基础构建阶段，完成省级数字图书馆和部分市级数字图书馆的硬件平台搭建工作，并与国家数字图书馆进行网络连接，初步建成数字图书馆虚拟网。

全面推广阶段。2013—2015年为全面推广阶段，除完成所有市级馆的硬件平台搭建工作外，汇聚整合全国各级数字图书馆的文献资源，向全国公众和业界提供统一揭示服务；在扩大数字图书馆覆盖范围的同时，持续增加数字资源数量，加大对新媒体服务的推广力度，不断创新，提高数字图书馆服务能力，提升公共图书馆服务水平。

3.4.4 工程意义

国家数字图书馆工程是继文化共享工程之后文化部和财政部联合实施的又一项重大文化惠民工程。数字图书馆是网络环境和数字环境下图书馆新的发展形态，是利用高新信息技术提升图书馆服务能力和核心竞争力的重要途径，其发展水平是衡量一个国家图书馆事业现代化水平的重要标志。实施数字图书馆推广工程，运用数字图书馆技术提升各级公共图书馆的服务能力，将有效地拓展公共文化服务的受众范围，丰富公共文化服务的内容，创新公共文化服务的形式和手段，构建跨越时空的公共数字文化服务体系，是新信息条件下加强公共文化服务体系建设，体现公共文化公益性、基本性、均等性、便利性的重大举措。国家图书馆以及省、市、县各级公共图书馆是国家数字图书馆工程的实施主体，在"数字惠民"中发挥着重要作用。

参考文献

[1] 蒋永福.文化权利、公共文化服务体系与公共图书馆事业[J].国家图书馆学刊,2007(4)：16—20.

[2] 陈威.建设完备公共文化服务体系 加快实现文化强市战略目标[N].中国文化报,2011-01-10(007).

[3] 申维辰.构建公共文化服务体系发展社会主义先进文化[N].光明日报,2005-12-30.

[4] 李国新. 公共文化服务体系中的图书馆[J]. 图书馆工作与研究, 2010(3): 5—11.

[5] 联合国教科文组织公共图书馆宣言 1994. 百度百科[EB/OL]. [2011-08-26]. http://baike.baidu.com/view/1085353.htm 2009.

[6] 中国图书馆学会. 图书馆服务宣言(2008)[J]. 图书馆建设, 2008(10): 1.

我国公共图书馆体系建设概述 *

1. 公共图书馆事业的管理体制

公共图书馆事业管理体制是指国家对公共图书馆的机构设置、隶属关系、权限划分及其活动进行管理的一整套制度化安排，其核心是政府管理部门、图书馆行业协会与作为独立法人单位的公共图书馆之间的相互关系及各自的责任、权利、义务。

国外公共图书馆事业管理体制的情况错综复杂，各个国家都有一套自己的行政体制和管理方式，我们以美国、英国、日本等公共图书馆事业较为发达的国家为例作简单介绍。

美国是世界上图书馆事业最发达的国家之一。美国公共图书馆事业实行的是典型的建立在相对完善的立法基础之上的分权、分散和多元化的管理体制。全国范围内没有一个主管全国图书馆工作的政府行政领导机关，其对图书馆事业的宏观控制由美国博物馆暨图书馆服务机构（IMLS）来完成，它在全国范围内协调图书馆与各州和地方机构的合作。多数州的图书馆法规定了

---

* 本文节选自《公共图书馆概论》一书。

公共图书馆的管理机构是图书馆理事会或图书馆委员会，由它们负责图书馆重大政策规划、经费预算、管理层人事任命和监督等工作。美国图书馆协会（ALA）是世界上规模最大的国家级图书馆协会，负责培训图书馆员、促进图书馆立法、颁布图书馆标准、编辑出版物、保护求知自由、合作编目和分类、推动自动化与网络化、促进国际交流等。

英国是世界上最早颁布公共图书馆法的国家。英国公共图书馆事业的宏观管理由政府文化、媒体和体育部承担，有责任管理图书馆服务和提升公共图书馆质量；单个公共图书馆服务则由地方政府负责。与美国图书馆协会类似，英国图书馆协会在促进图书馆立法、推动图书馆业务标准制定、促进图书馆间的交流和国际合作等方面也发挥了积极的作用。

日本是亚洲图书馆事业较为发达的国家，其公共图书馆的政府管理机构是文部科学省属下的终身学习局社会教育处。长期以来，日本政府一直是公共事务的主要承担者和实施主体。21世纪之后，日本政府开始尝试对国有公立机构进行改革，2006年的小泉政府对国立国会图书馆实行了行政决策与实施过程相分离的独立行政法人化改革，以提升服务效率与质量。日本图书馆协会主要参与制定图书馆法令、行业标准、维护馆员权益等工作。

从以上几个国家的例子可以看出，虽然各自的具体做法不同，但基本原则都是通过制定专门法律，明确政府、社会及图书馆法人的关系，各方依法履行各自的职责，实现管办分离。同时注重发挥行业协会的作用，其行业协会不只是一个咨询性质的组织，而是一个职能性的统管机构，它为开展图书馆的馆际协作和协调工作提供组织保证，使得不同系统、层级的图书馆联合成为一个统一、完整的体系,以整体的力量向公众服务。

我国公共图书馆事业结构是以行政关系为基础的,管理体制表现为隶属等级制。其特点是:公共图书馆的主办主体是国家,由国家管理,按国家计划运行;公共图书馆属于事业单位,各级公共图书馆隶属于各级政府文化管理部门领导,由各级政府或政府各个部门主办并主管,所需经费绝大部分由各级政府财政拨款,人员全部纳入国家编制,业务活动在国家计划范围内开展。简单地说,即县及县以上的一个行政区划建立一个公共图书馆并由当地政府负责当地公共图书馆建设。在这样的管理模式下,各级各地公共图书馆基本上处于一种地区分割、各自为政的生存状态。下图描绘了我国公共图书馆系统的结构及管理关系。

```
         ┌ 国家级公共图书馆              ──── 中央政府
公        │ 省(市、自治区)级图书馆       ──── 省(市、自治区)政府
共        │
图        │ 市(地、州、盟)级图书馆       ──── 地市级政府
书       ┤
馆        │ 县(市、区)级图书馆           ──── 县(市、区)级政府
系        │ 乡、镇文化中心图书馆(室)
统        └ 街道、社区、村级服务点(阅览室)
```

另一方面,我国图书馆事业属于纵向结构,公共图书馆、高校图书馆等各类型图书馆分属文化、教育、科研等多头领导,横向联系与纵向联系相比处于无足轻重的地位,各个系统图书馆之间鲜有合作。

由此可以看出,在我国目前的公共图书馆管理体制下,公共图书馆与其他系统图书馆之间的横向联系缺失,公共图书馆与公共图书馆之间的纵向联系不够紧密,导致了图书馆资源被分散在各个行业、各个层级的图书馆中,容易形成"大而全"、"小而全"的封

闭图书资源体系,从而导致国家和政府主管部门对公共图书馆整体事业宏观管理、调控规划的无序。图书馆之间的馆际协作协调、资源共建共享等工作由于涉及的点(图书馆)多、线(同一系统的管理层次)长、面(不同的系统、不同的地区)广,具有相当的操作难度,很难形成一个如西方发达国家那样统一、完整的公共图书馆服务体系。这样的状况不仅造成了社会资源的极大浪费、公共图书馆服务能力的不足,也导致了我国公共图书馆事业的整体滞后和发展缓慢。克服上述缺陷的解决途径就是在公共文化服务背景下加快现代公共图书馆服务体系的建设,因此,公共图书馆服务体系建设将是很长一个时期内我国公共图书馆事业发展的重点。

2. 我国公共图书馆服务体系的发展

（1）"大一统"的公共图书馆服务体系

① 时代背景(新中国成立后30年)

新中国成立之后,百废待兴,我国的公共图书馆事业也迎来了一个全新的发展阶段。党和政府一方面调整、巩固和发展了解放区的图书馆事业,另一方面有计划、有步骤地接收和改造了国民党政府遗留下来的图书馆,并在此基础上对全国的公共图书馆事业进行了统一的规划和设计,努力使其成为我国公共文化事业最重要的组成部分。

在共和国前30年的时期里,我国文化事业的指导方针主要是为工农兵服务和为社会主义服务的"两为"方针。这一方针源自毛泽东同志《在延安文艺座谈会上的讲话》的主要精神。这一精神在新中国第一届政治协商会议颁布的《共同纲领》中有着完整的体现，即建立"民族的、科学的、大众的"文化，同时要"肃清封建的、买办的、法西斯主义的思想"。由于《共同纲领》具有临时宪法的性质，因此，这一思想自然成为之后我国文化事业尤其是公共图书馆事业建设的指导思想。在纲领的指导下，1955年文化部发布了《关于加强与改进公共图书馆工作的指示》(以下简称《指示》)，提出公共图书馆是"以书刊对人民进行爱国主义与社会主义教育的文化事业机构"，应"积极地为国家社会主义建设和社会主义改造事业服务"，公共图书馆应该向广大群众敞开了大门，"对于工农兵的知识分子以及其他劳动人民不应有所偏废"，成为人民的科学文化教育阵地。在《指示》精神的指导下，全国掀起了公共图书馆的建设高潮，不仅在各级城市中纷纷建制、从无到有，同时还大力开展了工会图书馆、中小学校图书馆和农村图书馆(室)建设，在城市和农村中普及图书馆服务网点，形成了当时以公共图书馆为主体，工矿企业、中小学、部队、医院等行业图书馆为辅翼的社会化服务网络。

② 建设模式

新中国成立后前30年，我国采用的是高度集中的计划经济体制，对各项事业都实行高度集中的行政管理，因此，当时的公共图书馆也完全在国家的行政命令下开展工作，建设模式相对单一，其特点是：

公共图书馆起着中心和主导作用。公共图书馆在为本地区各类人群提供服务的同时还担负着统筹、规划、协调地区图书馆事业发展的任务，"对本地区规模较小的公共图书馆、文化馆(站)图书室、工矿、企业、机关、团体的图书室及其他图书(室)进行业务辅导，以促进本地区图书馆事业的巩固和发展"。[1]

行业图书馆有效分流读者群。通过在工矿企业、中小学、部队、医院等行业单位开设图书馆（室），在城市中普及图书馆服务网点；通过人民公社建立农村图书馆（室），建设农村图书馆服务网点。这些基层图书馆（室）在公共图书馆的指导下开展工作，为各行业群众和农村居民提供图书馆服务，有效分流了不同行业和农村的读者群，扩大了公共图书馆的服务面。

各系统的图书馆间协作协调。1957年，国家出台了《全国图书协调方案》，统一部署各类型、各系统图书馆之间的协作与协调工作：北京和上海成立了两个全国性的中心图书馆，武汉、沈阳、南京、广州、成都、西安、兰州、天津、哈尔滨成立九个地区性的中心图书馆，统筹全国和地区各类型、各系统图书馆之间的协作协调。之后各类型、各系统图书馆之间广泛开展了集中编目、协调采购、复本调拨、积压藏书整理等工作，为实现业务工作的标准化、提高我国公共图书馆整体业务水平发挥了积极作用。

③ 评价

新中国成立后的前30年间，我国的公共图书馆事业从无到有、从旧到新、从理论到实践，在很短的时间内就构建起了公共文化服务的框架，迎来了我国的公共图书馆事业的第一个发展高潮。公共图书馆数量显著增加，各项基础业务工作得到了加强与进展，标准化程度也有了很大的提高，为我国公共图书馆事业的发展和体系建设奠定了良好的基础。

这一时期的公共图书馆工作确立了图书馆为人民服务的性质和免费服务的原则。在当时的政治环境下，为工农兵和知识分子服务事实上已经体现为最广泛的人群服务的思想。

本阶段的公共图书馆建设还奠定了我国公共文化服务体系建

设的雏形。当时的图书馆界虽然没有强调"公共、平等、免费"等这样的一些概念,但其广泛的图书馆(室)布局和为最基层民众服务的实践已经体现出了公共文化服务体系"普遍均等、全民共享"的公共精神。

由于社会大环境的限制,当时的图书馆界相当强调意识形态的作用,导致公共图书馆的各项工作和政治结合过于紧密,使得我国的公共图书馆事业经常性地受到历次政治运动的冲击和影响。加之对客观条件缺乏正确的估计,基层图书馆的迅猛发展超越了当时的经济发展的可能和行政管理能力,致使增长快,消失得也快,全国县以上公共图书馆由1960年的1093所锐减到1963年的490所,不少基层图书馆(室)很快地或被并入当地文化馆,或被学校等行业图书馆替代。另外由于公共图书馆之间、以及公共图书馆与工矿企业、中小学、部队、医院等行业图书馆之间只是一种业务辅导关系,彼此并无行政隶属,因此形成了各自为政,片面追求"大而全"或"小而全"的状况,造成资源极大浪费。

(2)"产业化"发展的公共图书馆服务体系

① 时代背景(20世纪八九十年代)

从20世纪80年代开始,我国社会发展从以政治为中心转向了以经济建设为中心,针对这一阶段的公共图书馆建设,国家陆续出台了一些指导性的文件:

1983年,国家颁布的《关于加强城市、厂矿群众文化工作的几点意见的通知》,明确指出:"有些群众文化活动可以适当收费,以补助活动经费的不足。"[2]

1987年10月,中宣部、文化部、国家教委、中国科学院联合下发《关于改进和加强图书馆工作的报告》，指出："图书馆在搞好无偿的公益服务的同时，也可以进行合理的有偿专业服务。"这个文件对图书馆的深化改革有着重要的指导作用。

1988年，文化部和财政部还联合召开了全国文化事业单位"以文养文"经验交流会，表彰了开展"以文养文"活动成绩比较突出的先进个人和单位。

在这样的社会现实和政策背景下，公共图书馆从单纯的公益型机构转变为有偿服务机构，众多的图书馆把馆藏资源作为产业运营成本，纷纷开始"以文养文"、"以馆养馆"的实践，把经营收益作为考核公共图书馆工作的重要指标，以多种方式探索产业化发展道路。

② 建设模式

这一时期的公共图书馆的建设特点是以市场为导向，以经营为手段，以产业化发展为目标，开展了一系列有偿服务。根据其规模和形式的差异，我们将其划分为两种建设模式：

以图书馆的设施设备及文献等资源作为成本，从事经营活动。如场馆出租、打字、复印、文献代查，以及为企业等用户提供信息情报检索、定题服务等有偿服务。另外，还有一些基本服务项目收费，比如办证押金、分级阅览证收费及借书证工本费等。可以说，此种模式覆盖了全国各级公共图书馆，其影响甚至波及现在。

图书馆自组或联合创办经济实体，参与市场经济。这些经营活动，有些与图书馆的业务毫无关联，比如餐饮、贸易等，有些则是针对图书馆服务的创新、改进等。其中深圳图书馆组建公司开发的 ILAS 系统成就突出，其以各级各类图书馆业务管理为核心内容的自动化系统，在鼎盛时期的用户达到3 000余家。

③ 评价

首先，这一时期的图书馆工作奠定了公共图书馆社会化合作的基础。改革开放和产业化的道路使公共图书馆从自己的专业圈子走向了社会化合作道路，使得图书馆吸收了其他行业中有利于自身发展的元素，丰富了图书馆的管理。

其次，这一时期的公共图书馆开始关注信息化的发展趋势。公共图书馆看到了自动化、数字化等新兴技术对图书馆的巨大影响，抓住了这个机遇，使得公共图书馆有了全新的发展方式和服务手段。

这一时期公共图书馆收费、有偿服务等经营模式违背了公共图书馆的公共性原则。联合国教科文组织发布的《公共图书馆宣言》明确表示公共图书馆应该向所有人群提供平等免费的服务。这种以经济收益作为目标的产业化模式显然是与之违背的。也因为此，导致公共图书馆在社会中形象模糊，功能萎缩，使公共图书馆的核心价值丧失，社会形象受到损害。

另一方面，由于文化事业有着特殊的发展规律，它与产业之间有联系、更有区别，特别是在国家层面的政策制定上，因此，政府投入减少，要求图书馆从业务中创造经济效益的做法导致了图书馆专业化程度降低，行业标准弱化，专业人员流失，整体工作被边缘化，这对公共图书馆事业本身的发展造成了严重伤害。

（3）基于总分馆制的公共图书馆服务体系

① 时代背景（20世纪末21世纪初开始）

20世纪末21世纪初，信息和数字技术迅猛发展，图书馆信息中心的地位开始动摇,传统图书馆受到挑战。另一方面,信息数量急剧膨胀的同时也造成了信息分配的不公,社会需要类似于图书馆的公共服务机构来缩小信息差距、弥合知识鸿沟。时代的发展变化使得公共图书馆面临着越来越复杂多变的发展情势。

就我国的社会现实来看,工会图书馆的萎缩和人民公社的消亡使得新中国成立初期建立起来的基层图书馆服务体系不复存在,加之由于我国经济的发展,城市化进程的推进,越来越多的人选择在城市居住、生活,这些因素导致了城市单体图书馆不堪其负。另一方面,我国的公共图书馆在产业化发展的过程中屡屡碰壁,服务功能萎缩,造成了很多公共图书馆难以为继的局面,这让一些图书馆人开始反思:公共图书馆究竟是什么?

通过与西方国家图书馆界的交流以及对我国现代图书馆事业发展的回顾性研究,我国公共图书馆界开始认识到,中国的公共图书馆事业要发展,必须走一条既适合我国国情,又符合公共图书馆事业发展规律的道路,而欧美国家普遍实行的以"总分馆制"为代表的公共图书馆体系建设模式是目前最好的选择。

总分馆制是指由同一个建设主体资助、同一个主管机构管理的图书馆群,其中一个图书馆处于核心地位作为总馆,其他图书馆处于从属地位作为分馆;分馆在行政上隶属于总馆,或与总馆一起隶属于同一个主管部门,在业务上接受总馆管理。其基本特征是:图书馆的总馆建设主体与分馆建设主体统一,即经费来源统一;总馆主管部门与分馆主管部门统一,即管理统一;总分馆统一人财物管理、统一规划和实施服务、统一服务水准。相对于单馆制,总分馆制是一种较为科学的办馆模式,其服务布局网络化、管理模式集群化、行政管理集中化、信息服务个性化的特点更能实现公共图书馆服务的"普遍均等、惠及全民"。

鉴于此,我国的一些公共图书馆从21世纪初就开始了"总分馆制"的探索。比如上海图书馆从2001年开始,联合区县图书馆、高校图书馆及专业图书馆实施总分馆制;2003年,广东佛山市禅城区图书馆提出了以总分馆制为框架的小型图书馆群建设规划;杭州图书馆联合各城区图书馆开创了"九馆一证通"服务体系。这些虽然都不是严格意义上的总分馆制,但已初具雏形。之后,上海、杭州等城市从大都市文化建设角度出发,提出了创建更适合其发展的"中心馆——总分馆制"设想。

对公共图书馆界的这些探索,国内图书馆学界给予了充分关注,一些专家、学者在充分调研的基础上,纷纷撰文研讨相关现象的理论与实践,并对中外总分馆体制的实施进行了深入分析与总结。而于2007年在天津召开的"全国公共图书馆延伸服务经验交流会"更是从政府层面对总分馆制给予了充分肯定。

在这样的时代背景下,以"总分馆制"和"中心馆——总分馆制"为代表的公共图书馆建设模式在全国各地开展起来。

② 建设模式

根据我国各地公共图书馆在实践总分馆制过程中不同的实现层面,划分为"中心馆——总分馆制"和"总分馆制"两种基本模式。

第一种模式:总分馆制

这里所说的总分馆制是指严格意义上的总分馆制,即分馆在行政上隶属于总馆,在业务上接受总馆指导,分馆的人财物由总馆统一管理。我国实践完全意义上总分馆制的地区并不多,下面以佛山、嘉兴和苏州为例,说明总分馆制的运行方式。

● 佛山：禅城区"联合图书馆"模式

"联合图书馆"的提法最早出现在佛山禅城区图书馆提出的以总分馆制为框架的小型图书馆群建设规划中。2003年5月，佛山市禅城区联合图书馆的第一家分馆——佛山市禅城区联合图书馆少儿分馆正式挂牌开放，标志着联合图书馆的正式起步。之后，禅城区的经验在整个佛山市得到推广。2004年6月，佛山市图书馆提出了《佛山市联合图书馆实施方案》，其实施目标为：以公共图书馆为主体，吸纳各行业系统、各种类型的图书馆加盟，建设"统一标识、统一平台、统一资源、统一管理、分散服务"的佛山市联合图书馆体系，形成纵横双向的服务网络。纵向上，构建市、区、街道（镇）和社区（村）四级图书馆服务网络；横向上，联合其他类型图书馆作为联合图书馆的成员馆，以达到优势互补、资源共享、协调服务的目的。

禅城区是佛山市最早提出"联合图书馆"的概念并付诸实施的地区，在佛山市联合图书馆稳步推进的时候，禅城区图书馆一方面作为佛山市联合图书馆的成员馆，与其他五个区的成员馆实行通借通还，另一方面，按照区政府批准的既定方针，继续在禅城区内建设总分馆结构的禅城区联合图书馆。禅城区联合图书馆建设的设定目标是，联合图书馆由区政府作为建设主体，街道办事处和当地企业共同参与，其文献所有权全部归属总馆，人、财、物（含街道办事处和当地企业投入的资产）均由总馆统一管理调配，服务质量由总馆统一把握，形成全区图书馆统一采购、书目数据统一编制、书刊通借通还、资源完全共享的服务体系。应该说，禅城区联合图书馆创建了迄今为止我国唯一的纯粹意义的总分馆体系，即以总分馆的建设主体和主管部门同一性为基础、统一经费来源、统一管理、统一服务的总分馆体系，为在我国建设真正意义的总分馆提供了一个难得的案例。

● 嘉兴：城乡一体的总分馆体系建设

嘉兴在市委、市政府的主导下，探索了一条在统筹城乡发展思想指导下建设城乡一体化新型公共图书馆服务体系的发展道路。所谓新型服务体系，是"构建以市、县级图书馆为中心，以图书馆乡镇分馆为骨干，以村（社区）图书室和图书流动车为基础，以企业、学校、部队等行业系统图书馆联合加盟为补充，覆盖全市、城乡一体、功能完善、资源共享、管理规范的公共图书馆服务体系"。

嘉兴市总分馆制建设得到了政府的有力支持，嘉兴市政府出台了《关于构建城乡一体化公共图书馆服务体系的实施意见》，就总体目标、具体任务等作了详细的阐述，对分馆的网点布局进行整体规划，同时提出了统一的建设标准。

在乡镇分馆建设过程中，嘉兴市本级根据自身的特点形成了市、区、乡镇三级政府投入、市馆（服务体系中的总馆）集中管理的有效工作模式。

可以说，嘉兴市总分馆制建设既有政策支持又有资金支持。"嘉兴模式"的特点可归纳为：三级投入、集中管理、整体规划。"三级投入"明确了图书馆建设的责任归属——政府，并且固化了每一级政府相应的责任，分散了基层图书馆建设的财政压力。"集中管理"保证了业务开展的专业性。"整体规划"包括分馆的布点设计、对分馆的"样式"进行设计和对分馆的服务质量进行设计。

● 苏州：紧凑型的总分馆建设让每一个人分享图书馆的服务

苏州图书馆的做法是，主动与各区政府、相关街道办事处联系，合作建设社区分馆。双方协议规定，由当地政府提供分馆用房、装修和设备，承担分馆的物业费用，并且每年向苏州图书馆支付一定的费用，主要是人员经费和购书经费；苏州图书馆负责安装软件、提供文献资源、调配委派管理人员并负责日常开放运行。不管是与区政府还是街道签订协议，分馆均设在社区。读者在分馆阅览和上网全部免证，但外借图书需持有苏州图书馆统一的读者证，所借图书可以在总馆及所有分馆通借通还。

为了使这些分馆能够提供与总馆基本一致的服务，苏州图书馆在管理和技术等方面采取了一系列措施。各个社区分馆根据当地实际情况安排开放时间，每周不少于50小时。总馆根据各分馆读者需求情况，为分馆每两个月调配400—500册图书，部分是新书，部分是周转书。同时，在分馆的电脑上设置统一的引导界面，读者可根据引导方便地进入书目检索、电子图书、馆藏数据库资源、政务信息、共享工程等各个栏目。

第二种模式：中心馆——总分馆制

由于我国的财政分级制度和一个行政区划单独设立一个公共图书馆的社会现实，西方国家普遍实践的人、财、物统一管理的总分馆制建设模式只能在一些较小的区域内（小城市、区县等，比如上文论及的嘉兴、佛山禅城区）做一些小范围的探索，很难在一个较大的行政区域内实现和铺展。因此，上海、杭州等城市从大都市的实际出发，提出了"中心馆——总分馆制"的设想，并在实践中总结出了一些成功经验。

所谓"中心馆——总分馆制"是指作为地区公共图书馆服务网络建设中心的图书馆（我们称其为中心馆）不直接参与基层分

馆建设，也不直接管理基层分馆的人、财、物，而是由下一级公共图书馆作为辖区内的总馆承担该地区分馆建设，中心馆只负责对下一级公共图书馆业务的规划、指导、协调、评估，整合地区资源等工作。这样的方式可以绕开财政分级制度带来的障碍，是在我国目前社会现实下实现在较大行政区域内公共图书馆服务网络建设的可行方式。

下面以上海和杭州为例说明中心馆——总分馆制。

● 上海：中心图书馆，以人为本，重心下移，一卡流通，方便借阅

上海市中心图书馆 2001 年正式开启，是在不改变各参与图书馆的行政隶属、人事和财政关系的情况下，以上海图书馆为中心馆，区县公共图书馆、高校图书馆或专业图书馆等为分馆，街道（乡镇）图书馆为基层服务点，以网络为基础，以知识导航为动力，以资源共建共享为目标，以提高服务水平为目的而组建的一种新颖图书馆联合体。

在十年建设中，上海市中心图书馆按照结构合理、发展平衡、网络健全、运行有效、惠及全民的原则和目标，不断探索创新，逐步形成了公共分馆、大学分馆和专业分馆的三种运行模式，以及由市、区县和街镇组成的两级总分馆制，为城市中心图书馆的发展起到了创新示范的效应。

● 杭州：中心馆——总分馆制下的"平等、免费、无障碍"

杭州市的公共图书馆服务体系建设模式，是一种中心馆——总分馆制的运营模式，通过整合市、区县（市）、乡镇（街道）、村（社区）图书馆（室）资源，建立服务网络覆盖城乡、组织结构科学合理、文献资源统一调配、服务质量基本一致、运行高效

节约的公共图书馆服务体系。

杭州图书馆作为全市公共图书馆服务网络的中心馆，主要承担对区、县（市）公共图书馆业务的规划、指导、协调、评估工作，整合区、县（市）公共图书馆资源，建立统一的技术平台、检索平台和服务标准，是全市公共图书馆服务网络的业务指导中心、文献保障中心、技术支持中心、专业培训中心和信息服务中心。

区、县（市）图书馆作为当地公共图书馆服务网络的区、县（市）级业务总馆，承担本辖区乡镇（街道）分馆的业务规划、指导、管理、监督和评估等职能。

杭州市的公共图书馆服务体系建设模式是一种层级清晰的总分馆模式，杭州图书馆作为中心馆对区、县（市）公共图书馆负责，区、县（市）公共图书馆对其辖区范围内的乡镇、村级图书馆（室）负责。

● 评价

总分馆制相关模式目前在国内图书馆界方兴未艾，因其能够进一步拓展图书馆服务网络，提高服务辐射能力，有利于优化图书馆资源配置，最大限度地发挥政府投入的社会效益，而受到政府及图书馆界，尤其是广大群众的肯定和接受。不同地区的公共图书馆通过各自的实践，提升了公共图书馆的服务能力，扩大了图书馆的影响，普遍均等、全民共享的公共图书馆核心价值得到重新体现。

但是也应该看到，各地的实践多是公共图书馆自身的行业行为，缺少政府的主导和参与。可以说，只是一种行业探索，还没有上升到像西方社会那样国家统筹建设公共图书馆服务体系的层面。由于我国特色的体制和机制等原因,实现人、财、物集中管理的总分馆制,还有待于政府与法律层面的保障,这也是下一阶段我国公共图书馆事业发展努力的方向。

参考文献

[1] 高占祥.开展以文补文活动 促进文化事业发展:在全国文化事业单位以文补文经验交流会上的报告(摘要)[J].图书馆学通讯,1988(3):7.
[2] 中央宣传部,等.关于改进和加强图书馆工作的报告[J].图书馆学通讯,1987(4):23—27.

公共图书馆发展环境分析*

随着计算机、网络等现代技术的兴起,图书馆的发展面临着越来越复杂多变的环境。有人说,在信息技术大行其道的今天,公共图书馆将必然走向灭亡,因为信息触手可及,图书馆的资源优势不复存在。也有人说,公共图书馆正在迎来最好的发展机遇,现代技术不是公共图书馆发展的障碍,而是助推器。那么,公共图书馆尤其是我国的公共图书馆到底处于一种怎样的发展环境呢?我们将从以下几方面加以分析。

1. "图书馆消亡论"

从20世纪80年代开始,图书馆界蔓延着一种关于图书馆未来发展的悲观论调,即"图书馆消亡论"。所谓的"图书馆消亡论"是指传统实体图书馆的消亡,这个学派认为,随着计算机技术的发展,在不远的未来,传统图书馆将不再有存在的必要。美国图书馆学家兰开斯特(Lancaster)是这一论调的著名代表,他在1978年出版的《情报检索系统》第2版中论述了自己的理论,

---

* 本文节选自《公共图书馆概论》一书。

认为随着以计算机技术为中心的现代信息技术的应用和电子出版物、机读文献的普及,传统的图书馆将完成历史使命,"再过20年现在的图书馆可以消失",未来的社会将是一个"无纸化社会"。

"图书馆消亡论"有不少的拥趸者,持这一观点的人认为其支持证据主要有三:

第一,纸质图书的出版和销售下降,纸质阅读向数字阅读转移。

现代通信及传播技术已经改变了许多人寻找信息的行为模式,网上阅读、手机阅读、电纸书阅读正在成为潮流,这一点在年轻一代身上体现得更为明显。随着亚马逊、苹果等国外电纸书的流行,中国的企业也不甘示弱。中国移动和中国电信都推出了手机阅读服务;汉王、盛大、中移动,一个提供终端设备、一个提供内容、一个提供运营,联手推出了中国自己的电纸书,试图掀起一场掌上阅读的革命。在电子阅读兴起的不断挤压下,传统的印刷出版业面临着大面积的缩水。2009年,中国数字出版产业年产值达799.4亿元,首次超越了传统书报刊出版行业。[1] 人们阅读方式和购买方式的改变使得以传统印刷为生存空间的行业面临危机。传统图书馆以纸质图书收藏和提供为主的服务模式受到挑战。

第二,实体图书馆的读者到馆率不断下降,很多公共图书馆门可罗雀,纸质图书流通率持续走低。

调查显示,图书馆纸质图书阅读率与图书流通率持续走低,我国国民图书阅读率从2003年开始连续六年呈下降趋势,2008年国民阅读率首次低于50%。公共图书馆的读者到馆量也不断下降。据国家图书馆统计数据，2002年接待读者498万人次，2003年、2004年接待人数在450万人次左右，2005年接待人数降至约445万人次，2006年接待人数跌破400万，降至390万人次。[2]

美国图书馆的情况也相当类似。1956—1978年美国人均年借书15本，而1978—2004年该数据下降了约50%。美国1994年全国大学图书馆共借还了18 300万（册）次；十年后的2004年只借还了15 510万册次，下降了15.3%。[3]

这些数据显示，实体图书馆的传统功能正在被削弱。

第三，随着网络技术的迅猛发展，公共图书馆作为知识和信息中心的地位逐年弱化，功能强大的搜索引擎和丰富多彩的网络空间正在成为公众获取知识和信息的主要渠道。

在互联网时代，信息获取的方式变得越来越多，更多的读者更愿意使用网络进行学习和研究，他们认为计算机网络已经代替了图书馆的信息服务，图书馆提供的信息在网络上就能随意获得，一些检索要求只要使用搜索引擎就能得到解决，比如Google搜索。OCLC2007的报告《网络世界中的分享、隐私与信任》表明：互联网用户使用图书馆网站的比例在逐步下降；对所有人来说，互联网时代已经到来，互联网用户阅读越来越多。新类型的"社会性"网络站点的出现正改变着网络的结构与文化，超过一半的大学生正在利用社会网络站点，Myspace是调查者利用最多的社交站点，Youtube在所有调查国家都是排名最高的社会媒体站点，调查者更愿意利用社会性网站，而不是图书馆网站。可以看到，功能强大的搜索引擎和丰富多彩的网络空间正在成为公众获取知识和信息的主要渠道。

2. "图书馆发展论"

虽然看上去公共图书馆面临着发展困局，但是也有人对公共图书馆的未来抱着乐观的态度，尤其是在最近几年，"图书馆发展论"的声音越来越成为主流。该理论之所以能够成立，是鉴于近年来各国公共图书馆在新形势下的不断探索和调整，归纳起来，也有三方面的理由。

第一，公共图书馆作为"市民第二起居室"概念的提出，使得传统图书馆的内涵、外延都得到了很大的拓展。[4]

第二，数字图书馆的推行和web2.0的推出，以及最新网络技术的广泛运用，使得公共图书馆得以与新时代、新观念、新技术相融合，与读者的交流方式变得更为密切和便捷。

第三，公共图书馆从以收藏为中心，转化为以读者需求为主导，服务目标面向全体市民，重组图书馆服务理念，知识服务成为一个重要内容。

正因为如此，"图书馆消亡论"的声音渐渐变弱，而"图书馆发展论"正在越来越多地得到世界各国图书馆界的认同。综观近20年来世界图书馆的发展，可以看到现代图书馆不但没有消亡，反而像雨后春笋般地蓬勃发展起来。在中国，公共图书馆的数量从1978年的1 218所发展到了2007年的2 799所，增加了近130%[5]；在欧洲，英国、法国、德国和丹麦的国家图书馆新馆相继开放，其中，巴黎和伦敦的国家图书馆新馆都是各自国家在这个世纪最大的公共建筑，当大英图书馆馆长布里安·朗博士在回顾本世纪欧洲图书馆事业发展历程时，他说："新世纪即将来临的时候，我们迎来了一个伟大的新图书馆建筑诞生的时代。"

3. 公共文化服务体系建设中的我国公共图书馆事业发展环境

我国公共图书馆事业正面临着历史上最好的发展时期之一，之所以这样说，是因为我国的公共图书馆不仅处于世界公共图书馆发展的环境中，更受惠于我国政府不断加大的公共文化体系建设步伐。

公共图书馆事业是一项社会公共文化事业，需要政府的政策支持。改革开放之后，党和政府对文化建设越来越重视，20世纪末21世纪初，开始使用公共文化服务体系建设的概念对文化建设的地位和作用加以更加清晰的定位和论述。

2002年11月党的"十六大"报告中明确提出了"切实尊重和保障人民的政治权利、经济权利和文化权利，具体措施就是积极发展文化事业和文化产业；国家支持和保障文化公益事业，坚持和完善支持文化公益事业发展"[6]的政策。

2004年，发改委在《关于推进2004年经济体制改革意见》中率先使用了公共文化服务体系的概念——在"推进社会领域体制改革，统筹经济社会协调发展"部分明确提出要"建立健全公共文化服务体系"[7]。

2005年10月，在党的十六届五中全会上，中共中央提出了《关于制定"十一五"规划的建议》，文化事业发展的战略目标第一次被表述为"逐步形成覆盖全社会的比较完备的公共文化服务体系"[8]。

2005年底，《中华人民共和国国民经济和社会发展第十一个五年规划纲要》明确提出了建设"覆盖全社会的比较完备的公共文化服务体系"的目标：建设"结构合理、发展平衡、网络健全、运营高效、服务优质、覆盖全社会的公共图书馆服务体系"[9]。

2005年底，党和政府连续出台了发展农村文化事业的政策性文件——《关于进一步加强农村文化建设的意见》和《关于推进社会主义新农村建设的若干意见》，农村文化建设的战略目标被定位为"构建农村公共文化服务体系"[10]。

2007年6月，中央政治局专题研究加强公共文化服务体系建设问题，这在中国共产党的历史上是第一次；2007年8月，中央"两办"发布《关于加强公共文化服务体系建设的若干意见》，构建覆盖全社会的公共文化服务体系被提升为"维护好、实现好、发展好人民群众基本文化权益的主要途径"[11]。

2007年10月党的"十七大"报告，进一步提出基本建立覆盖全社会的公共文化服务体系，作为全面建设小康社会奋斗目标的新要求之一[12]。

2010年4月，温家宝总理发表《关于发展社会事业和改善民生的几个问题》一文，公益性文化事业被纳入涉及基本民生的社会事业，强调它是社会公平正义的重要体现[13]。

2010年7月23日，中共中央政治局就深化中国文化体制改革研究问题进行第二十二次集体学习，胡锦涛同志指出要加快构建公共文化服务体系，按照体现公益性、基本性、均等性、便利性的要求，坚持政府主导，加大投入力度，推进重点文化惠民工程，加强公共文化基础设施建设，促进基本公共文化服务均等化[14]。

2011年2月，文化部、财政部日前出台《关于推进全国馆公共图书馆文化馆（站）免费开放》，极大促进了公共图书馆精神的回归和事业的发展。[15]

2011年3月，成立国家公共文化服务体系建设专家委员会，由来自北京大学、清华大学、中国社会科学院等学术科研机构和全国部分文化机构的39名专家组成。（专家委员会是在文化部2010年4月成立的国家公共文化服务体系建设专家组基础上筹建而成）[16]

2011年10月，在中共第十七届中央委员会第六次全体会议上，文化建设再次成为主要议题，这也是继1996年十四届六中全会讨论思想道德和文化建设问题之后，中共决策层再一次集中探讨文化课题。会议讨论并通过了《中共中央关于深化文化体制改革的决定》，文化事业和产业被提升到了一个新的高度，其战略部署和政治意义备受关注。

这些政策和文件对公共图书馆事业的发展具有重要意义，它从根本上明确了公共图书馆事业的基本性质、社会责任和发展方向，为我国公共图书馆未来的发展提供了国家层面的政策保障。我国的公共图书馆建设在公共文化服务体系建设的大背景下轰轰烈烈地开展起来，各地的公共图书馆根据各自不同的特点进行了多样化的探索、实践，走出了多条公共图书馆服务体系建设之路，推动了我国公共图书馆事业整体的发展。

参考文献

[1] 2010年中国数字出版年会年度报告.

［2］国图读者群在萎缩？［EB/OL］.［2011－09－05］.http://kbs.cnki.net/forums/8738/ShowThread.aspx.

［3］新信息环境与国际图书馆发展动向［EB/OL］.［2011－09－05］.202.112.118.40/tgw_files/ddgxtsgdw.ppt.

［4］蔡武：努力培养优秀艺术人才 推动文化大发展大繁荣［EB/OL］.［2011－09－05］.http://www.ccmedu.com/bbs13_74747.html.

［5］党的十六大报告（全文）［EB/OL］.［2011－09－05］.http://www.ce.cn/ztpd/xwzt/guonei/2003/sljsanzh/szqhbj/t20031009_1763196.shtml.

［6］国家发改委推进2004年经济体制改革的意见［N］.人民日报,2004－4－15(6).

［7］中国中央关于制定"十一五"规划的建议［N］.人民日报,2005－10－19(1).

［8］中华人民共和国国民经济和社会发展第十一个五年规划纲要［EB/OL］.［2011－09－05］.http://www.gov.cn/gongbao/content/2006/content_268766.htm.

［9］关于进一步加强农村文化建设的意见［EB/OL］.［2011－09－05］.http://www.southcn.com/nflr/zhnegccz/zhangcbb/200512120318.htm.

［10］关于推进社会主义新农村建设的若干意见［EB/OL］.［2011－09－05］.http://www.china.com.cn/chinese/PI-c/1130430.htm.

［11］中共中央办公厅、国务院办公厅关于加强公共文化服务体系建设的若干意见［EB/OL］.［2011－09－05］.http://cpc.people.com.cn/GB/64184/64186/207393/13304562.html.

［12］胡锦涛在党的"十七大"上的报告［EB/OL］.［2011－09－05］.http://politics.people.com.cn/GB/1024/6429094.html.

［13］温家宝.关于发展社会事业和改善民生的几个问题［J］.求是,2010(7):3－16.

[14] 胡锦涛：深化文化体制改革增强中国文化软实力[EB/OL].[2011-09-05].http://www.chinanews.com/gn/2010/07-23/2422727.shtml.

[15] 文化部、财政部关于推进全国美术馆、公共图书馆、文化馆（站）免费开放工作的意见[EB/OL].[2011-09-05].http://www.ccnt.gov.cn/sjzz/shwhs/whgsy/201102/t20110210_86869.html.

[16] 国家公共文化服务体系建设专家委员会在京成立[EB/OL].[2011-09-05].http://www.gov.cn/jrzg/2011-03/01/content_1814258.htm.

公共图书馆的发展趋势[*]
——作为第三文化空间的图书馆

公共图书馆正处于一个变化的发展时期,那么,未来的公共图书馆将会如何发展呢? 在信息化和全球化的时代,公共图书馆将以一种怎样的形态呈现? 我认为,作为第三文化空间的图书馆,将是未来图书馆的一个发展趋势。

1. 第三文化空间的由来

20年前,当图书馆界正纠结于未来的发展方向,甚至怀疑将要消亡的时候,"公共图书馆是市民的第二起居室"的概念让图书馆界的眼界骤然扩大,好像忽然找到了发展的方向。 图书馆被定位为与公众日常生活密切相关的不可或缺的空间,在这个空间里,人们可以获取信息、享受文化、学习知识、轻松休闲,可以进行人与人之间的交流,甚至可以无所事事。"第二起居室"与具有私密性的"第一起居室"的差别在于,它更具开放性和公共性,所以迅速得到了世界图书馆界的认同。

---

[*] 本文节选自《公共图书馆概论》一书。

2009年8月,国际图联在意大利都灵召开卫星会议,本次会议的主题虽然是"作为场所与空间的图书馆",可会议讨论的热点却是"作为第三空间的图书馆"。又一个影响未来图书馆发展的概念产生了。所谓"第三空间",这一提法最初来源于美国社会学家雷·奥登伯格(Ray Oldenburg),他在他所写的《绝对的权利(The Great Good Place)》,又译《第三空间》的书中,从社会学的角度将社会空间分成三个层次:第一层次是家庭空间,第二层次是工作空间,而第三空间便是前两者之外的其他空间。在他看来,人类最根本的需求之一便是第三空间的存在。这个空间是可供人们放松、消遣、惬意、学习、交流、思考的地方,是一个可以为平凡生活增添意义的地方,是一个城市最容易集聚资源和人气的地方,也是最能体现文化多样性和活力的地方。因此,第三空间可以是酒吧、美术馆、书店、咖啡馆、公园等。

都灵会议的参加者之所以把"第三空间"作为一个问题展开热烈地讨论,显然他们已感觉到了第三空间的描绘对图书馆未来而言,再准确不过了。特别是星巴克因借鉴"第三空间"的概念取得商业运行的成功。无异更为大家找到了21世纪图书馆发展的灵感。那就是生活化与大文化概念的融合。也就是说,未来的公共图书馆应该是一个具有生活化特质的地方,这个地方可以融入人类的一切文化元素,具有文化综合体的特征,而不是一个单纯获取信息和知识或接受教育的场所。显然,"第三空间"比"第二起居室"具有更强的包容性和延展性,也更具活力。

都灵会议以后,"第三空间"的话题持续升温,鉴于,"第三空间"是一个包罗万象的概念,其中不乏非文化性的内容。而公共图书馆在任何时候都不可能也不应该丢弃它的文化属性,所以，将公共图书馆打造成"第三空间"不若命名为"第三文化空间"更为恰当。因为，它比单纯的"第三空间"更强调和突出了"文化"的意义和内涵，也更具有现实性、实指性。

2. 第三文化空间的内涵

首先我们要了解一下第一和第二文化空间，在此基础上才能更好地理解第三文化空间。受奥登伯格的社会学理论启发，我们认为，"第一文化空间"是指以家庭为背景的文化空间，它以家庭亲情为纽带，以家庭伦理为基本文化内涵，能满足人们个性化、私密性的文化需求。"第二文化空间"是指以职场为背景的组织文化空间，它是人们谋生和事业的主要社交空间，其文化特质更具社会性，也更具功利性，能满足人们作为一个社会人和职业人的文化需求。而"第三文化空间"则包罗了除第一和第二文化空间以外的所有社会文化空间，因此，它无疑更具有多元性和公共性，是满足人们无法在第一和第二文化空间获得的所有其他文化需求的地方。

丹麦的皇家图书情报学院的研究小组曾经提出过一个图书馆理想模型，这个模型基本上反映了作为第三文化空间的公共图书馆的内涵，它也使我们对公共图书馆的未来发展、定位有了一个新的认识。[1] 下图给出了这一模型的直观表达：

在这个模型中，主要描述了图书馆所包含的四个空间：

学习空间：这是一个基于发现和学习新东西的空间，图书馆要在促进人们学习中起到关键的社会作用，这也是图书馆产生的基本根源以及基本职能之一。这种职能在新的社会、技术条件下

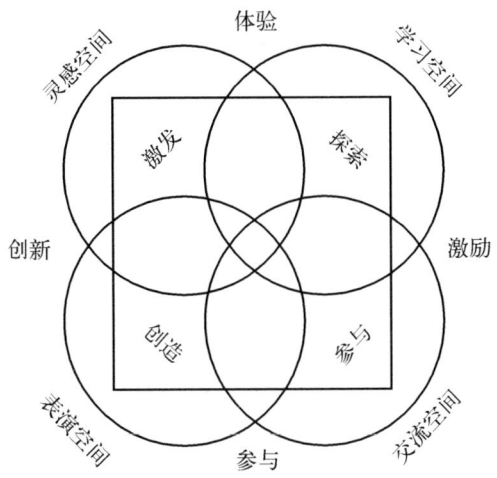

不但没有减弱,而且越来越受到重视,图书馆在人们学习过程中所起到的作用也越来越大。在图书馆中,人们的学习可以通过非正式的课程、电子学习设施、讲座、对知识资源的检索和利用为主要表现形式。

灵感空间:这是一个基于体验、经验的空间,也是用户在利用图书馆的过程中,偶然得到启发所产生的一个用于解决问题、规划人生、应对压力的新思想火花。在图书馆中,这个过程可以查找文学、艺术、电影、音乐、娱乐、游戏等各种资料,或者接受图书馆的安排与艺术家见面等。

交流空间:这是一个基于参与的空间,用户可以通过图书馆与各种不同的文化、不同的人群进行交流,可以消除时空的障碍,比如参加阅读兴趣小组、研究小组、社区问题讨论会等。通过交流,用户也可以或可能得到灵感。

演出空间:这是一个基于表现自我、展示美的空间,同时,这也是一个通过展示而达到创新目标的空间。在图书馆中，用户可以自由、开放地宣扬个性，比如参加家庭艺术行为展示、电影研讨会等。

很明显，这四个空间是有所重叠的，它们围绕着两个轴，这两个轴可以看成是图书馆的目标：一个轴支撑着个人目标、洞察力、理解力的实现；另一个轴则支撑着更加社会化的目标实现，它鼓励公民自主与个性。在图的一端，图书馆以丰富的资源可以使用户在不断变化的环境下自主处理问题；在图的另一端，它鼓励创新，以使用户在激烈的变化中获得解决问题的方案。

在第三文化空间中，图书馆被描述成为一个集物理维度与数字维度为一体的新概念、新视野。在这个视野中，图书馆将更加关注用户个性、自我、价值、创新的实现。

第三文化空间中的公共图书馆具有五个特点：

一是开放。公共图书馆表现形式无论是物理形态还是虚拟形态，在社会中都展现着开放的姿态，这是它产生的基础与社会发展的必然。它的开放性主要表现在其伸出广阔的臂膀，接纳各方的利用。平等免费、普遍均等的理念成为公共图书馆发展的永恒，也是其开放性的具体体现。

二是自由。公共图书馆为公众的利用营造了宽松的环境，任何人都可以随意进出图书馆，就像在家里一样，将图书馆打造成"公民大书房"、"文化大舞台"，努力将图书馆建设成为像商场、书店一样，可以给用户轻松感受的空间，这就需要图书馆消除对用户的制度性约束。

三是多元。公共图书馆面向着不同种族、不同群体的多元化对象，其收藏着多种文化样式的资源、资源的表现形态也呈现多样化趋势，可以说，公共图书馆就是一个多元文化的集合体。

四是交流。公共图书馆是公众交流的空间，人们可以在这个空间里和谐相处，交流各自的想法与信念，从而消除矛盾与积弊。也因为交流，人们的思想可以碰撞，从而产生出革新的火花，推动人类社会的发展。公共图书馆为所有公民提供了这样的一个交流空间，且在此空间中，人们平等相处，弥合了阶级、地位等社会差异。

五是学习。图书馆从来都被视为社会教育的大学校，承担着人们再教育以及自我教育的社会使命。图书馆以其开放、自由、多元、交流的特质与空间，包容怀有各类求知欲望的用户，为他们提供丰富的资源与技术、环境与设备，为用户的学习搭建良好的平台。

第三文化空间是未来公共图书馆发展的必然趋势，这是公共图书馆发展的必然结果，也是社会对公共图书馆发展的现实要求。在此背景下，当前公共图书馆应当为此做好充分的准备。

3. 第三文化空间视野中的公共图书馆

第三文化空间视野中的公共图书馆，不再单纯是一座建筑，也不再仅仅是利用现代化技术手段为大众提供图书、信息资源的机构，而一个有血有肉、活生生的文化要素表现综合体。各种文化现象都可以包容于此，从而在更大程度上拓展了图书馆的生存空间。图书馆生存基点的变化，导致图书馆构成的各种要素也随之发生变化，其主要表现在以下几个方面。

（1）社会化合作的管理形式

图书馆社会化管理，是20世纪90年代的热点命题，但那时较多地局限在图书馆物业工作、图书编目加工、退休人员管理三个方面，没有涉及图书馆内部深层次的问题。进入21世纪以来，国内有图书馆大胆探索法人治理制度，进一步寻求图书馆的社会化管理。虽然最终没有实行，却给公共图书馆的管理开创了一种新的思路。尤其是当"公共文化权利"的实现成为当前社会发展的主题之一，公众"人本位"意识为之提高，随之而来的是社会对图书馆的服务要求越来越多样化，越来越个性化。图书馆如何回应公众的需求；如何成为城市或乡村文化生活的一个重要平台；如何打造图书馆独一无二的专业服务特点，就成为图书馆界研究和实践的重要内容。同时，也令图书馆走向全面的社会化服务，进一步提高开放办馆的程度，成为一种发展的必然。

首先，公众参与图书馆的内部管理。

对社会而言，是推动公民文化主体意识的一种方法。对国内公共图书馆而言，这是一种全新的，具有挑战性的管理变革，它使图书馆不再像以往那样，仅接受政府有关部门的指令性指导、实行单一的行政管理，而是要在这样的基础上，建立起一种能让社会公众参与图书馆内部管理的机制。这样的管理变化，将不仅仅是一种管理方式的改变，而是一种管理本质的改变，它将给僵化、封闭的图书馆带来活力和生机。有借鉴作用的是，至今，世界上有不少国家的图书馆都建有董事会制度，成员来自社会方方面面，代表了不同的文化利益诉求，他们对图书馆的日常工作提出意见和建议；参与重大事项的策划；监督、评价图书馆的运行；督促图书馆的绩效提升等。这些对图书馆的发展起到了非常大的推动作用，也拉近了社会与图书馆的距离。当然国情不同，区域间的环境不同，公众参与的方式会有不同。位于斯堪的纳半岛的北欧四国，它们就成立了图书馆管理委员会，其功能类似图书馆董事会，但增加了业务设计、规划的内容，成为推动图书馆事业进一步发展的助推器。可以相信，公众参与图书馆管理的方式，将随着我国公共图书馆社会化程度的推进，第三文化空间必然会走进图书馆的管理工作中，并成为图书馆现代管理制度的重要组成部分，以此帮助图书馆实现最佳的服务形态，使我国的图书馆服务最大限度的满足和贴近公众的需求，得到公众的充分认可与支持，最终变"我的图书馆"为"我们的图书馆"。

其次，办馆力量的社会合作化。

社会力量参与或捐助公共图书馆事业，从历史的角度看，中外不乏先例，如19世纪末20世纪初，美国钢铁大王卡内基就捐助了2 509个图书馆，意大利的美第奇家族祖孙三代持续资助了美第奇——洛伦佐图书馆；中国近代实业家、教育家张謇1912年创办了南通图书馆（1953年转为江苏省南通图书馆）；1915年，民国实业家、"面粉和纺织大王"荣德生创建了无锡"大公图书馆"等，他们都对社会产生过很好的影响和实际效益。

有专家总结，社会力量办馆主要存在四种基本模式："独立建馆办馆；捐资建馆与捐书助馆；与公共图书馆合作；志愿者服务。"[2]前两种方式，有悠久的文化道统；后两种类型，是改革开放以后逐步出现的一种文化自觉力量。这四种形式的办馆、助馆，在具体的过程中，时有交叉，也有重叠，但都是中国图书馆事业发展过程中的一股健康力量，应予以引导。2011年6月，由北京大学信息管理系等多家机构联合筹办了"民间图书馆论坛"。这在中国是第一次，具有深远的意义。会议的交流很成功，从他们的总结和多年来的实践看，社会力量办馆，是对公共图书馆服务的一个很好补充，但囿于观念，长期以来社会民间力量办馆都较注重个体馆建设，且手段单一、服务传统，既无专业支撑，也缺资金后援。政府部门和公共图书馆也没有把这些民间图书馆纳入统一的管理考虑，所以普遍发展困难，难以乐观。

但问题是图书馆社会化发展已是全球的一个趋势，图书馆与社会力量合作办馆肯定是一个方向。图书馆必须寻找合作伙伴。因为今后，一个没有合作伙伴的图书馆发展一定是非常困难的。特别要强调的是，任何一个国家、任何一个地区的图书馆都不可能仅仅依靠政府来完全解决发展的问题，而必须在政府的主导下联合各种社会力量来推动、壮大图书馆的事业，完善自己的服务。丹麦图书馆管理局近年来提出一个"合作伙伴产生创新型图书馆"的口号。成为丹麦公共图书馆前行的强力推进器。他们认为，在从以"藏书为中心"的模式转向"以读者为中心"的工作过程中，创新服务方式十分重要，而单一的职业文化与多种职业文化相比较，后者更易产生新的工作思维。所以，他们倡导公共图书馆与各种社会机构合作，如：商场、学校、非政府组织等，把图书馆开到它们之中去，通过这样的办馆，形成了分段式的服务，丰富了服务特色，从而也更进一步的与各种人群建立了合作关系。在这过程中，因不同职业背景的碰撞，产生了许多推动事业发展的思想火花。同时，图书馆不论与任何机构合作，始终以分馆方式推进,强调"主权在我"、"互助共赢"的发展战略。 主权就是图书馆的管理权,它是图书馆专业化、标准化,可持续发展的可靠保证。 共赢就是赞助者和图书馆都得到自己的利益。 正因为丹麦图书馆系统在与社会力量合作的时候,牢牢把握住了专业的管理权,所以不会碰到难以为继或专业能力和规范不足的问题。 中国未来几年,正是公共文化大发展、大繁荣的历史机遇期,自然也是转型为第三文化空间的关键时期。 健康、有序地引导各级图书馆与社会力量的合作,是事业发展的一个很重要的契机。 专业无疆域,他山之石,可以攻玉。 丹麦的经验,我们可以看出,社会力量办馆,一定要把它纳入公共图书馆的体系之中,必须在体系的支撑、指导下进行,只有这样,才会形成1+1大于2的结果。

令人高兴的是,上海图书馆与玉佛寺合作开办佛学图书馆,杭州图书馆与萧山众安集团联合开办的建筑图书馆,都以分馆的形式设计、运行。 相信这样的模式,必定是今后图书馆与社会力量合作的主流形式。

再次,社会组织监督图书馆工作。

公共图书馆作为以政府投入为主的公益性文化事业单位,一直存在许多方面的理念模糊、缺乏绩效考核和管理缺失等问题。因此,在完善自身管理的同时,应该进一步创新管理机制,提高管理水平,提升工作效率,进一步为公众提供高品质的文化服务。

引入社会组织对图书馆进行管理和监督是较为切实可行的办法。 社会组织监督,是指由公民、法人或其他组织对行政机关及其工作人员的行政行为进行的一种没有法律效力的监督。 从公共图书馆的行业特点出发,目前,以下两种方式的社会组织监督较为适合：

一种是引进管理咨询机构提升图书馆管理水平。

管理咨询本是企业管理的一种方式，它是具有丰富的管理知识和经验，并且掌握了咨询技法的人所从事的高智能的服务事业，是咨询人员在企业提出要求的基础上深入企业，并且和企业管理人员密切结合，应用科学的方法，找出企业存在的主要问题，进行定量和确有论据的定性分析，查出存在问题的原因，提出切实可行的改善方案，进而指导实施方案，使企业的运行机制得到改善，提高企业的管理水平和经济效益。

引进管理咨询机构，在让其充分理解、熟悉图书馆各项工作的基础上，进行定性、定量分析，并制定较为科学的绩效考核办法，从而优化组织结构，改进内部管理，创新服务方式，提高运营效率。建立健全各项规章制度，以制度管人、以制度管事，增强发展活力。

另一种是引进第三方评价机构彰显图书馆价值。

第三方评估又称社会评估，主要包括公民个人、社会团体、社会舆论机构、中介评估机构等通过一定程序和途径，采取各种方式，直接或间接，正式或非正式地评估政府绩效。

因为任何一个评估体都有其自身的评估角度，难以做到真正的客观、公正，因此，实现评估体的多元结构，引进由各界人士、党派团体组成的第三方评估，具有重要的现实意义。

公共图书馆的第三方评价主要是指通过独立于政府和公共图书馆之外专业性评价机构、中介机构或个人对公共图书馆的方方面面进行评价。第三方机构因与评价对象、评价主体之间没有直接的利益关系，其评价更有公信力；第三方评价机构一般由各方面的专家组成,这就保证了评价的专业性和评价结果的权威性。因此,作为一种外部制衡机制,第三方评价可以弥补内部评价的固有缺陷和不足。

(2) 多元化的服务对象

文化的多元性首先表现为社会人群的多样性。在全球化和城市化进程中,各类人群的流动和不同文化的碰撞比任何一个历史时期都要激烈得多。因此,针对不同的人群来设置不同的服务内容和方式是未来公共图书馆的常态化工作之一。世界上一些移民比较多的国家一直非常重视多元文化的融合,而公共图书馆无疑是实施多元文化融合的主要机构之一。我国虽不是移民国家,但在城市化进程中,地域间、城乡间的人群流动和文化碰撞同样激烈,不同年龄、不同族群、不同阶层的人同样有必要获得多元的社会文化服务,公共图书馆责无旁贷。

如何才能实现服务对象的多元化? 一些国家的图书馆有不少成功的例子。它们从图书馆的文献结构、服务区域到服务内容等方面都要充分尊重不同种族、不同地域、不同语言和不同的文化样式、不同年龄,在服务中使其平等、全面地给予体现。特别是对一些弱势的人群和文化更给予保护性的侧重。有的图书馆还针对本社区的人群特点,在馆内创设对部分特定人群的特殊服务,这些服务看似会影响到整体的服务效率,但这些特定人群往往是社会的弱势群体,只有通过这种倾向性的特殊服务才能使图书馆更好地实现其平等服务的理念,也才能从整体上实现服务人群的全覆盖。

对于少年儿童,目前世界各国图书馆界,无论是发达国家还是发展中国家，都特别重视培养他们对公共图书馆的热爱，都会为孩子们开辟专门的服务区，其服务内容充满童趣，形式丰富多彩。其目的就是着眼于启发孩子们的智力，增加他们的想像力，培养他们对图书馆的人文热情，形成乐于亲近和享受这公共空间的习惯。这也是公共图书馆谋求未来发展的最有效途径之一。

对于老年人，世界许多图书馆也开始开展一些有益的尝试。通过与社区中心合作，开展以老年保健、老年才艺培训等为主题的活动，为老年人提供信息和人际交流的平台，以提高他们身体和心理上的双重生活质量，实现老有所依、老有所乐。

（3）用户活动的民主化

随着公共图书馆向社会最大程度的开放，图书馆将成为一个公共空间。只要愿意，任何人都可以平等地获取图书馆的服务。但由于公众意识不断增强，需求日益多元化，公共图书馆再如过去一样仅仅是为公众提供专业服务已经远远不能满足需求，其职能之中，还需要增加为公众提供自主活动的服务平台，使他们可以个性化策划、自主性安排，使公众既是文化成果消费者，又是文化成果的实践者、体验者。这是一种新的办馆思路和服务方式，在未来的工作中有着广阔发展空间。这种自主活动平台更加体现了"以用户为中心"的理念，是一种民主化精神在作为第三文化空间的图书馆中的渗透，是公民社会的具体表现。

自主活动平台是根据用户的主观需求而搭建的框架性活动平台，用户可以根据自身活动需求的性质，向公共图书馆申请使用的要求。在此基础上，自主实施各类活动，从而满足自己的创意性要求，体验性快乐。各种沙龙、表演、网络社区等都属于这种性质。图书馆的工作是尽可能提供便捷周到的现场服务、相关文献信息服务及活动前后的宣传等，从而使公众的自主策划得到最大程度的实施，并使活动有一个良好的社会效应和后续发展。

自主活动平台的建设既可以是图书馆在听取公众意见、建议后独立完成，也可以是公共图书馆策划后，提供菜单式的选择。

未来的公共图书馆是否能成为民众不可或缺的公共空间，仅靠公共图书馆自身的拓展是远远不够的，原因是图书馆的资源和人才结构都不可能满足公众越来越多样化的需求，因此，打造一个平台，设计一个路径，让公众走进图书馆，自主活动，形成读者讲给读者听，读者演给读者看，读者写给读者阅的新样式，以此来更进一步丰富图书馆的服务。从制度层面来改变以往那种偶然的、浅层次的读者联谊活动。尽可能发挥图书馆作为文化中介的属性，最大范围、最大限度地向社会开放和提供图书馆的知识共享空间，设施设备使用空间和创造性活动的舞台。充分满足公众对文化参与的热情，使之身心愉悦，得到教育。新加坡国家图书馆推出的新项目，让社会人士走进图书馆，按照自己的意愿重新设计超越以往图书馆的新空间。其中的一个由社会艺术家策划的表演艺术图书馆，不仅提供与表演相关的资源，而且提供表演空间，邀请各类读者组织相应的活动，它承担了图书馆与社区之间沟通的桥梁，把图书馆读者服务工作推到一个新境界。

当然，自主活动平台不仅仅用于文化活动，也可以向公众提供创新的舞台。如挪威图书馆系统正在实施的"图书馆实验室"项目也是一个创新的例子。所谓"图书馆实验室"是由图书馆和档案馆、博物馆、奥斯陆大学联合建立，旨在为那些对图书馆数据和社会科技发展感兴趣的图书馆工作者、读者提供交流与发展平台。他们之间通过良好的交流与合作，就某一研究方向实现共同的探讨、研究或创造。这一方式的最大成果在于，图书馆员与读者的关系已不再是简单的服务与被服务关系，而是联合起来共同传播科技和知识，推动图书馆事业达到一个更高的水平。图书馆和读者都是其中的受益者、创造者和主人，非常值得借鉴。

（4）服务手段的全媒体化

"全媒体"一词最早源于传媒和出版界。1997年有人创办了"Martha Stewart Living Omnimedia"公司，这是"全媒体"一词在世界上较早的应用。现在，全媒体一词已被新闻、出版、通信等众多领域广泛采用。

与全媒体相关的概念有大媒体、多媒体、新媒体、跨媒体、富媒体等，对于全媒体，目前学界还没有一个完整而确切的定义，从更广泛的层面考量，我们认为全媒体应该有以下一些基本内涵和特点：① 载体形态的丰富性。包含了纸质报纸、纸质杂志、广播、电视、音像、电影、网络、手机和手持阅读终端等载体形式。② 传播和发行技术的全面性。除了传统的纸质、声像外，基于互联网络和通讯的 WAP、GSM、CDMA、GPRS、3G、4G 及流媒体技术等成为重要的组成部分。③ 信息接收感官的多样性。涵盖视觉、听觉、触觉、嗅觉等人们接收信息的全部感官。④ 信息载体和支持技术的动态性。全媒体是一个动态的概念，随着技术的发展，信息的载体工具会越来越丰富，技术支撑平台会不断创新和发展，因此，全媒体也许永远也不会"全"。

对于信息的需求者来说，全媒体时代将提供一个更好的服务环境，所获得的信息服务在质量和数量上都会有显著的提升。对于信息服务的提供者公共图书馆来说，全媒体环境的影响主要体现在三个方面：一是可利用的服务资源更广泛；二是可利用的服务途径更多样；三是出现了大量基于各类媒体手段的信息服务者，竞争者增多。因此，公共图书馆有必要加以改变，向服务手段全媒体化的方向发展，以取得在竞争中的优势。公共图书馆服务手段的全媒体化主要体现在以下几个方面：

一是文献典藏的多元化和可利用资源的海量化。

图书、期刊等印刷型文献资料一直是传统公共图书馆的资源主体。随着现代科技的发展和信息载体的多元化，图书馆馆藏的定义已越来越模糊，收藏范围越来越广。图书馆的馆藏不仅包括纸质图书、杂志、报告、档案，还可以是照片、明信片、邮票、钱币、广告、证章、票券、地图、模型及绘画、雕塑、视频等。随着数字化技术的进一步发展，可以预见的是，未来馆藏中数字化、视听型藏品的馆藏比例将会越来越高。

另外，全媒体时代的图书馆可以充分地利用整个全媒体环境中的信息资源来开展服务，而不仅仅是馆藏资源。全媒体环境中一切有价值的信息都可以为我所用，成为开展各类服务的基础。

二是服务手段的主动化和信息提供的个性化。

在全媒体时代，为了在信息竞争中取得优势，公共图书馆有必要从传统的被动信息服务过渡到主动制作并传播信息的服务，而全媒体时代各种技术手段的发展为转变提供了可能性。

公共图书馆可以利用自身在人员、技术上的优势，将馆内外有价值的文献资源进行整合，形成系列专题进行出版；公共图书馆可以开展某些专题信息的收集、整理和数字化工作，制作一批特色鲜明的数字化信息库，尤其是有关地方文献方面的专题；作为对商业机构的补充，公共图书馆可以将电视、报纸等媒体因为经济利益原因不愿意发布的人文等专业性信息在数字图书馆中发布；公共图书馆参考馆员可以通过全媒体平台进行跨越时空和国界的互相联系，达到前所未有的服务效率。通过这些新职能的拓展，公共图书馆可以主动地对读者开展个性化的服务，将信息整合为集约型的服务菜单，为读者度身定制"我的图书馆"。

三是服务平台的广泛化和服务途径的多样化。

全媒体环境为公共图书馆实践三网融合提供了可能。互联网服务已经在公共图书馆中得到普及；移动通讯网服务正在逐渐渗透到图书馆的各项服务之中，如目录查询、借阅提醒、活动报名、文献传递等；广播和电视也正在逐渐成为公共图书馆服务的平台，在这一方面，国家图书馆、杭州数字图书馆等都已经进行了成功的实践。随着全媒体内涵的不断丰富，将会产生更多形式的图书馆服务平台。

服务平台的广泛化带来了用户获取信息途径的多样化。读者可以到实体图书馆获取图书馆服务；可以利用就近的 24 小时自助图书馆或者自助借阅机获取图书馆服务；可以利用个人电脑、手机、手持阅读器等各种终端获取图书馆服务；可以通过广播或者电视媒体获取图书馆服务。用户可以当面与图书馆员交流，也可以通过博客与馆员交流，也可以通过网上联合知识导航站向资深馆员进行咨询。全媒体时代的公共图书馆让读者的学习和休闲有了更多的途径和更多的选择，也为读者就近、便捷、不受时空限制地利用图书馆创造了比以往更好的信息环境和服务平台。

作为"第三文化空间"的图书馆表明了公共图书馆未来发展的无限可能性。完全可以相信，公共图书馆将会以新的方式，继续承载支撑人类记忆、传承人类文明、丰富人类生活、提升人类智慧的职能。

参考文献

[1] Jens Thorhauge. From Classical to Digital Public Libraries [EB/OL]. [2011-08-26]. http://www.bibliotekogmedier.dk/fileadmin/user_upload/dokumenter/om_os/Direktoeren/Taler_og_praesentationer/2011/From_classical_to_digital_public_libraries.pdf.

[2] 王子舟.社会力量参助图书馆建设的可行模式[J/OL].[2011-08-26].http://www.doc88.com/p-68932568227.html.

公共图书馆服务体系的杭州解读[*]

当今社会，文化的重要性不断凸显，进入新世纪以来，党和国家为了保障我国文化事业的健康和可持续发展，出台了一系列促进文化发展与繁荣政策措施。自2005年10月党的十六届五中全会提出"逐步形成覆盖全社会的比较完备的公共文化服务体系"作为改革目标后，建设公共文化服务体系，其中包括建设公共图书馆服务体系，越来越受到社会的关注。可以说，研究公共图书馆服务体系是落实科学发展观、建设和谐文化的内在需要。

杭州是我国最早开始公共图书馆服务体系建设的地区之一，经过十多年的建设，累积了一些经验，也取得了一定的成绩。近年来，杭州市委市政府在打造"学习型城市"、建设文化大市的过程中，对公共图书馆服务体系建设提出了更高的要求，希望以建立覆盖城乡、结构合理、功能健全、实用高效的公共图书馆服务网络推动全市公共文化的发展，这对杭州公共图书馆服务体系建设是一个更大的挑战，也让我们重新审视杭州的公共图书馆服务体系建设。

我认为，在杭州公共图书馆服务体系建设中，最重要的是正

---

[*] 节选自《公共图书馆服务体系建设的探索与实践——杭州调研报告》。

确把握了以下两个方面的内容，我姑且称之为公共图书馆服务体系的"杭州解读"。

1. 将公共图书馆服务体系定位为公共文化服务体系的主干和支撑

文化部《"十二五"时期公共文化服务体系建设实施纲要》中指出："公共文化服务体系是以公共财政为支撑，以公益性文化单位为骨干，以全体人民为服务对象，现阶段以保障人民群众看电视、听广播、读书看报、进行公共文化鉴赏、参与公共文化活动等基本文化权益为主要内容，向社会提供的公共文化设施、产品、服务及制度体系的总称。构建覆盖城乡、结构合理、功能健全、实用高效的公共文化服务体系，是满足人民群众基本文化需求、保障人民群众基本文化权益的主要途径。"

公共图书馆服务体系是文化服务体系的重要组成部分，对照公共文化服务体系建设的各项要求和公共图书馆及公共图书馆服务体系的发展历程和特点，可以看到，在各种社会文化机构中，公共图书馆体系是承载公共文化服务体系"普遍均等、全民共享"核心价值的最好载体，是最能完整诠释公共文化服务的内涵和外延的社会系统。

首先，公共图书馆服务体系有着完善的体系架构，其服务网络涵盖了社会的各个层面，最具广泛性也最具包容性，可以最广泛地实现公共文化服务"广覆盖"的目标。第二，公共图书馆服务体系有着丰富的内容构成，其服务内容涉及了文化馆、博物馆、美术馆、非物质文化遗产保护机构等其他社会文化机构服务内容的主要方面，与其他各种文化服务体系相比，公共图书馆服务体系可以提供更加丰盛全面的公共文化服务。第三，公共图书馆服务体系有着完备的服务手段，公共图书馆一直跟随着时代的步伐、与最先进的科学技术融合在一起，可以更好地落实并实现公共文化服务体系所要求的各种目标。第四，公共图书馆服务体系有着强大的服务支撑，完整的学科理论和完善的专业人才培养机制使得公共图书馆有了强大的生命力和不断发展的可能，也使得公共图书馆服务体系建设有了更坚实的理论和人才支撑。

正是因为看到了公共图书馆服务体系相对于其他社会文化机构的种种优势，杭州市在实践公共文化服务体系建设的过程中一直以公共图书馆服务体系建设为落脚点和抓手，充分发挥其在作为公共文化服务体系主干和支撑的作用，以公共图书馆服务体系建设推动整个杭州市公共文化事业的发展。

2. 对公共图书馆服务体系的完整诠释和系统化发展实践

公共图书馆服务体系是各类型公共图书馆及其服务的总和。作为公共文化服务体系的重要组成部分，同公共文化服务体系一样，公共图书馆服务体系建设也必须是一个包括诸多要素的系统化工程。完整的公共图书馆服务体系不仅仅是一个架构建设，还必须要有理念支撑、制度保证、政府主导、社会参与以及先进的服务和多元的内容等元素，才能实现有效运行和可持续发展，完成公共文化服务体系"广覆盖、高效能"的目标。虽然我国各地都在积极推进公共图书馆服务体系建设，但更多的是以服务体系中的运作架构、即总分馆制的建设作为体系建设的中心，忽略了其他因素对服务体系的支撑和合力作用。杭州市在公共图书馆服务体系建设过程中全面理解、整体把握公共图书馆服务体系的内涵，在各个要素层面完整地实现公共图书馆服务体系建设中的各项内容。

（1）理念支撑

任何事业的发展都离不开理论的指导，公共图书馆服务体系建设也是如此。公共图书馆服务体系建设的理念主要指的是为实现体系建设的目标而形成的关于体系建设诸元素深刻而稳定的系统观念，既是他者思想的借鉴，也是自身实践经验的总结和提升。完整而成熟的理念是公共图书馆服务体系建设的创新源泉，是体系发展战略的引领，是体系目标实现的关键。在杭州公共图书馆服务体系建设过程中，杭州市一直坚持对图书馆发展理念的传承和创新，在继承传统的基础上不断为整个公共图书馆服务体系的建设拓展新思路，形成了一套具有杭州特色的公共图书馆发展理念，"平等、免费、无障碍"、公共图书馆的社会教育职能以及"第三文化空间"理论是其中的核心。

（2）政府主导

作为纯公益性的公共文化事业，公共图书馆服务体系建设离不开政府的主导，这是保证体系建设资金来源、不断完善体系基础设施和人员队伍建设的关键。杭州市委、市政府高度重视杭州公共图书馆服务体系建设工作。2008年10月，市委、市政府共投入4亿元建设的杭州图书馆新馆开放，保障并增强了杭州图书馆作为中心馆的规划、指导、协调、评估能力；2011年12月31

日,市委办公厅、市政府办公厅颁发了《关于进一步加强杭州市公共图书馆服务体系建设的实施意见》作为杭州市公共图书馆服务体系建设的行动纲领,随后,各区、县、市政府又分别针对该意见下发了适合本地区公共图书馆发展的补充文件和实施细则;2012年10月,由市政府牵头,成立了杭州市公共图书馆发展委员会,各部委办局分管负责人均担任委员会成员,成为图书馆的组织架构之外,讨论、研究、制定有关政策的有关发展问题的政府层面的平台。正是这些政府行为有力推动了杭州市公共图书馆服务体系的不断向前发展。

(3) 运行框架

为了实现公共图书馆服务的全覆盖,合理的服务网络框架设计是很重要的一个方面。西方发达国家的城市图书馆在服务网络布局方面经过多年的实践,已经形成了较为完善的以总分馆制为基础的框架模式,在不同层面实施较为彻底的总分馆制是西方主要城市公共图书馆服务体系可以进行高效的集群式服务的关键。但是,在我国目前实行财政分级管理、行政归属不统一的现实国情下,建设完全意义上的总分馆制是不现实的。杭州市提出了"中心馆—总分馆"模式,作为杭州公共图书馆服务体系建设的主体框架。在这一体系结构中,作为地区公共图书馆服务网络建设中心的杭州图书馆(即中心馆)不直接参与基层分馆建设,也不直接管理基层分馆的人、财、物,而是由下一级公共图书馆(县、区图书馆)作为辖区内的总馆承担该地区分馆建设,中心馆只负责对下一级公共图书馆业务的规划、指导、协调、评估,整合地区资源等工作。杭州的实践证明,这样的框架设计是解决我国城市公共图书馆体系化服务和资源共享的可行方式。

（4）管理机制

为了保证公共图书馆服务体系的有效运作，制度化的管理和执行非常重要。完善的管理制度和有效的执行是全面提升各级公共图书馆建设水平和服务质量、从而保证整个公共图书馆服务体系有效运作、高效运转并提供高品质服务的关键。杭州市公共图书馆服务体系内的所有公共图书馆实行统一的业务规范，即统一的文献采编标准、统一的信息管理平台、统一的文献采编标准和统一的服务规范。2006年，杭州图书馆颁布了《杭州地区公共图书馆服务公约》，通过该服务公约强调了统一的规范和承诺。另外，杭州地区的公共图书馆还实行统一的绩效考核，十三个县市区统一的考核标准。杭州市政府明确要求"杭州市公共图书馆服务体系要建立绩效考核评估体系，要将公共图书馆服务体系建设纳入公共文化服务评价指标体系，并纳入区、县（市）综合考评"。这些标准化的制度为杭州公共图书馆服务体系的高效运转提供了可靠保证。

（5）服务内容

公共图书馆服务体系的建设不仅仅要为群众提供基本文化服务，还要随着社会进步和群众生活水平的提高不断丰富服务内容，满足群众全方位多层次的文化需求和体验。丰富公共图书馆服务体系的内容主要包含两个层面的要求，一是拓展服务的多样化形式，二是提升服务的专业化水平。杭州市在建设公共图书馆服务体系的过程中一直致力于为杭州市民提供更加多样、专业的图书馆服务，始终坚持"大阅读"的概念，通过讲座、展览、沙龙、公益培训、文艺演出、广场活动、读者社团、多媒体制作、文献出版等多种内容来丰富图书馆服务的内涵；同时，通过专业和主题分馆建设细分读者群，提升服务针对性，满足特殊群体的特殊需求。

(6) 服务手段

专业且多样的服务内容只有与先进的服务手段结合在一起，才能达到预期的服务效果。先进的服务手段主要体现在两个方面，一是服务手段的人性化，充分考虑大众使用图书馆的便利性和舒适性；二是将先进的技术引入图书馆服务，最大程度地实现图书馆服务的智能化与快捷性。杭州市公共图书馆服务体系始终以建设"谁都可以进来的图书馆"为己任，坚持以人性化的服务手段体现最大的人文关怀，致力于打造"平民图书馆，市民大书房"。在将最先进的技术与图书馆服务结合方面，杭州图书馆是国内最早将RFID技术引入图书馆管理的图书馆之一，如今，这项技术已经在杭州市的多家区县图书馆得到推广；"三网融合"的杭州数字图书馆"文澜在线"实现了让图书馆服务"进家庭、上桌面、入电视、连手机"，是图书馆服务泛在化有效体现。

(7) 社会力量

正如人无法独立于其所处的社会环境而生存，公共图书馆服务体系的成长与发展也离不开社会的参与和合作。文化部在《公共图书馆事业发展"十二五"规划》中已经特别指出，要"倡导和鼓励社会力量以多种方式参与公共图书馆建设"，各级政府层面如何将这一政策加以落实是能否推动社会力量参与公共图书馆服务体系建设的关键。杭州市在公共图书馆服务体系建设过程中重视社会支持，鼓励社会参与图书馆事业发展。2003年，杭州图书馆事业基金会成立，为杭州市公共图书馆事业的发展募集、管理、使用基金，促进了杭州市公共图书馆事业的繁荣发展；2005年，杭州图书馆发起建设"之友志愿服务者组织"，招募与组织志愿者协助提供公共图书馆服务，随后，各级公共图书馆均纷纷建立与补充志愿者队伍，现已成为推进公共图书馆服务体系建设的重要力量；杭州市各级公共图书馆还积极与社会机构合作开展活动，同时鼓励群众参与图书馆活动的设计，读者自主活动比例不断上升。

3. 结语

公共图书馆服务体系是公共文化服务体系的主干、支撑和框架；公共图书馆服务体系建设是一个包含诸多要素建设的系统工程，这是公共图书馆服务体系杭州解读中最重要的两个方面。我们欣慰地看到，杭州实践得到了政府、业界和社会的广泛认可，国家图书馆馆长周和平和北京大学信息管理系资深教授吴慰慈都对杭州经验给予了充分的肯定。这些都是对我们极大的鼓励。我们将在已有经验的基础上不断创新，大胆实践，更好地为群众提供高效优质的图书馆服务，以实现杭州公共图书馆服务体系更大程度的发展。

公共图书馆服务体系建设：
从"总分馆"到"中心馆—总分馆"*

在世界范围内，公共图书馆最早产生于19世纪中叶的英国和美国。从一开始，公共图书馆就确立了向所有人传播知识和文化的责任。20世纪的图书馆员不仅继承了普遍均等服务的职业追求，而且把它发展为"每位读者有其书"的职业法则。

然而，对于普遍均等服务的目标，图书馆职业从来都不具有自主实现的能力，因此，各国图书馆职业为普遍均等服务而努力的重要方面，就是推动本国形成与这一目标相适应的公共图书馆建设体制。以总分馆体系为基础的公共图书馆建设模式成为各国的首选。

根据美国图书馆协会的定义，总馆是一个独立建制的图书馆（single-unit library）或一个图书馆系统中充当管理中心的图书馆，它是图书馆系统集中加工文献的场所，也是收藏整个系统主要藏书的处所；分馆（branch library）是总馆把一部分业务分离出去而形成的附属场馆，必须拥有一个基本馆藏、常规的人员配置和固定的开馆时间。

---

* 本文根据在2013年中国图书馆学会年会杭州会后会的发言材料节选而成。

总分馆制是一种先进的办馆模式，其服务布局的网络化、管理模式的集群化、行政管理的集中化以及信息服务的个性化比起单馆的办馆模式有着极大的优越性，可以较好地解决单体图书馆无法顾及的多重任务和统一管理的矛盾，实现图书馆服务效益的最大化，因此，在图书馆界得到了广泛认可，不同国家和地区的公共图书馆根据自身的特征和理解，进行了不同的公共图书馆服务体系建设尝试。

纵观英国、美国、德国、法国、加拿大、日本、新加坡等世界范围内比较受到学术界关注的城市公共图书馆总分馆建设，可以看到，不同的国家和地区，大多是根据当地的历史沿革、具体实际，以及对服务理念和服务方式的理解，来探索和实施各自的总分馆体系建设，并没有统一的模式和形态。经过多年的实践，各地均已形成了相对高效的实现模式。

我国的公共图书馆建设经历了20世纪八九十年代的低潮期之后，通过与西方国家图书馆界的交流以及对我国现代图书馆事业发展的回顾性研究，我国公共图书馆界开始认识到，一个城市只有一座图书馆，或者一个城市虽有几座不同层级的图书馆但彼此割裂，是无法为市民提供完整的图书馆服务的。中国的公共图书馆事业要发展，网络化布局的"总分馆制"体系建设模式是恰当的选择。因此，20世纪90年代后期，我国内地部分发达地区也开始了建立公共图书馆总分馆服务体系的尝试和探索，深圳图书馆之城建设，东莞集群图书馆建设，禅城区的联合图书馆建设，天津社区分馆、行业分馆建设，以及嘉兴、苏州总分馆建设等，都是其中的典型代表。所有这些不同模式的实践与探索，对于平衡区域内不同级别公共图书馆的服务差异，增强不同级别公共图书馆的服务能力与服务水平，起到了十分积极的作用。

但是，从各地的实践中也看到了不少问题：由于我国的财政分级制度和一个行政区划单独设立一个公共图书馆的社会现实，西方国家普遍实践的人、财、物统一管理的总分馆建设模式只能在财政权相对独立的区县一级区域内进行小范围的探索，很难在地市级以上城市实现和铺展，"总分馆制"在我国的发展遇到了瓶颈。

为此，杭州市借鉴国内外诸多总分馆建设的教训和经验，结合自身多年的思考与实践，提出了"中心馆—总分馆"制的构想。这是根据我国分级财政建设不同层级公共图书馆的体制而设计的一种适用于地市级公共图书馆服务体系的四级服务网络运行模式。

中心馆是指本地区承担全地区公共图书馆业务指导、管理服务、技术支持、人员培训功能的图书馆，一般由地市级公共图书馆承担。总分馆是指一个地区由同一财政主体建设，同一个主管机构管理的公共图书馆群，其中一个图书馆处于核心地位，即为总馆；其他图书馆处于从属地位，合为分馆。分馆在行政上隶属于总馆，或与总馆一起隶属于同一主管部门；在业务上接受总馆管理。总馆通常由本地区的区、县、市公共图书馆承担，分馆为下属的街道（乡镇）、社区（村组）图书馆。由于层级的不一样，又可以区分为分馆（支馆）、亚分馆（分馆）。"中心馆—总分馆"体系则是指在地级市公共图书馆服务体系中所有成员图书馆的集合，其最大的特点是各层级图书馆分工明确、责权清晰，尤其是明确了区县级图书馆的责任和地位，充分调动了其在公共图书馆服务体系建设中承上启下的作用，总馆与中心馆的对接有效提升了公共图书馆服务体系的服务能力和服务水平，区县级公共图书馆的发展得到了保障，解决了图书馆服务体系向最基层延伸和可持续发展的问题。

实践证明，杭州市在公共图书馆服务体系建设中推行的"中心馆—总分馆"模式可以绕开体制的限制，实现图书馆事业的地区统筹、资源共享，形成行业合力，是在我国目前社会现实下实现在较大行政区域内公共图书馆服务网络建设的可行方式。可以说，"中心馆—总分馆"建设模式具有明显的普遍适用性与推广意义。

当然，各地在公共图书馆服务体系建设中探索并实践的种种模式并没有孰优孰劣之分，只有与当地实际合适不合适的区别。我们探讨总分馆建设这样一个老话题，也只是希望以此触发更多的思考，提供借鉴，从而推动我国城市公共图书馆服务体系建设的进一步发展。

中 篇

地方文献与古籍

新发现黄遵宪手札一通 *

　　清末著名诗人黄遵宪的墨迹，传世极少，这次纯属偶然发现。此函存于《陆元鼎友朋书札》中(现藏于杭州图书馆)。陆是清季名宦，仁和人(今杭州市)，据史书载，颇有政声。陆黄交谊，亦有记载。然函的发现，更使二人友谊明见一班。此函所用纸为当时通用的红色笺纸，一通三页。因年久保存不善，多有霉烂，经重新补拓，已复旧观，唯遗缺六字。不过其中两字尚依稀可辨。且对整篇文章文字并无影响。字为行书，遒劲有力，而丰神潇洒。使观者有未睹其面，已知其容之感。

　　此信未署何年，仅著月日，但从内容推断当在光绪二十四—二十五年间。因信中称陆氏为"廉访大人"。按清一代对按察使均尊称为"廉访"。上述时期陆元鼎正好在江苏按察使任上。且信中也多谈及苏局之事，故可确证，当在这个时期无疑。由于信的文字不多，或也有助于学，故将其抄录标点，附于本文之后，以饷读者。

　　春江仁兄廉访大人执事：

　　昨次星夜入吴，匆匆修谒，立谈俄顷，未布所口，甚为歉

---

* 原文刊于《文献》1993年第1期。

仄。 抵沪后，奉电示询弟分薪水，汇寄何复，译诵之余，且感且愧，弟即未襄办苏州商务，实未便再领薪水。 半年以来，两地驰驱，新议各条，虽承中丞电告，总署许以深合机宜，而彼族已允复翻，岂言无施方。 且上渐大宪、下愧同寮，又益以虚糜廪禄，更口人无地自容，苟以循照局章，谓应行支领，弟实未敢拜受。 若特出于中丞厚意，敬求阁下喜为婉辞，万一辞不获已，责以厚思九百之粟，则力却转近口矫廉。 一俟颁发到日，自当缮领缴呈备案。 委员李君宝濂，已承电及，即令缮具墨领寄呈。 该项如不便汇寄，请函告上海道署划支送来，准可口收。 弟准于初九十日坿海晏北上，知念併及，手泐佈复，即请勋要惟鉴不宣。

　　　　　　　　　　　　教弟期
　　　　　　　　　　　　　黄遵宪顿首
　　　　　　　　　　　　　　　　八月口日

《中国古籍善本总目》若干类目辨析*

《中国古籍善本总目》的分类表,虽为编纂古籍善本制定,但也适用于一般古籍分类。事实上,它也确实是目前最为合理、科学,最被广泛使用的一种古籍分类法。然由于《善本总目》的编纂尚在继续之中,故尔正式的类目诠释还未颁行,此对基层古籍整理者而论,沿用《四库》的类目还可掌握,不同于《四库》新近增改的部分,最是棘手。去年全省古籍研讨会上,与会者也曾讨论了这个问题,互相交流了看法,可终因时间关系,未能充分。有感于斯,今特就我在分类工作中对下列类目的感受、理解,作一阐述,以求教于方家。

1. 易类与术数类的区别

易列经部之首,术数位子部之中。如此分置的原因,是为了不让术数这方外之学,来淆六经之正义。《四库》编者的用心可谓苦矣。几百年后,《善本总目》的编者也体会到前辈们的处心所在,故仍沿其分列,可由于易与术数之间,关系千丝万缕,要分

---

* 原文刊于《图书馆工作与研究》1992 年第 3 期。

清彼此，也着实不易（主要是占卜、占候、数学部分）。因为《易》原就是部筮书，易的本质就是占。而术类图书的内容，就是从《易经》的阴阳五行原理中变化、发展、漫衍而来。故术数类许多书籍往往也署上易名，如《易林》、《易学》等，两者较多牵涉。对此，根据笔者的体会与理解，明显能区分清楚的书除外，难以分清者，是否用这样一种方法来阐解，可先区分该书是象数派还是义理派。所谓象数派，是以卦象来解释《周易》的卦、爻辞，近于现代的筮术，所谓义理派，是以卦德、卦义来解释《周易》的卦、爻辞。此派多为注释、解说《易经》之著作。如为义理，则肯定归属经部易类。如为象数，那么看是否有经文。如有则仍归属经部，反之，内容完全是预测方面的，则归于子部术数类。

2. 金石类与艺术类的区别

金石与艺术的区分界限，还是很明确的，分类也尚容易。拓片归属金石，书画及著论归属艺术。惟稍有阻手者，是在玺印——篆刻及清末民初之各式珂版、石印版碑帖。由于《四库》将金石置于目录类下，故无玺印之属，有关于此，均统归于艺术类之篆刻。今《善本总目》为金石正名，改金石与目录并类。金石类下，复分总、金、石、陶、钱、玺印六属。玺、篆二属于是分焉。因而，我们在类分时，只要把握住玺的性质在于史，篆的性质重在艺，就不难区分，有史实价值的历代官印，如《西京职官印录》、《秦汉印统》等入史部玺印。而各家印谱或论印体例的，则入艺术类之篆刻。至于各式珂版、石印版碑帖，仍沿用原碑之名。内容没变,原文照录,书体没变,原式复印。但其侧重面已经改变,它已从重在汇集、考证金属石刻的方面,转变为重在介绍历代书法艺术,供人临摹欣赏的方面。所以相衡比较,从分类的统一出发,还是入艺术类为妥。同业诸君以为若何?

3. 道家类与道教的区别

对于道教与道家,不仅现代有不少人,就是古人,也有区别不清的,《四库总目》"家"、"教"不分,只设道家类就是一例。今虽分置,但反对者仍多。之所以有此种现象存在,可能是与老子被奉为道教的祖师,庄子被奉为南华真君等有关。其实道教与道家的区别还是泾渭分明的。

道家,实际上它是一种处世为人的哲学思想,一个哲学流派。西汉的刘歆在《七略》中,将先秦与汉初各家学说分为十家。即儒、道、阴阳、法、名、墨、纵横、杂、农、小说家。其代表人物为老子、庄子而道教,它的出现要比道家晚的多。东汉末年,由张道陵创立五斗米教。张角兄弟创立太平道。这是一种宗教性质组织,它虽然以《老子五行文》、《太平请领书》等作为经典,但他们主要是以符水咒法等迷信色彩很浓的手段进行活动,后来才被称为道教。因此道家之宗旨,在于清静冲虚而已,无所谓金丹仙药,黄白玄素,吐纳导引、禁咒符箓之术也。正如侯外庐在其《中国思想通史》中曾经指出的那样,道教求人生的神仙思想与道家的无生及齐生死说是并不相同的。我想,只要我们掌握了这个不同点,道家与道教的区别问题自然就迎刃而解了。

4. 丛书与丛编的区别

二者有意义接近的成份，事实上，在多数情况下，它们是并行不悖的，只为评论者的不同而有差异。将其合二为一，就是广义概念的丛书，一分为二，则为狭义概念上的丛书。所谓广义的丛书，是指汇集了两种以上专书（但不论所集专书是否完整和内容繁杂与否），别题一书名而成为另一新的著作物。至于狭义的丛书，其所汇集了两种以上专书，不但首尾完整，而且内容必须超过两个部类以上（以古籍"四分法"为准）并冠以新书名的著作物。上海图书馆的《中国丛书综录》，是古今丛书目录的集大成者。内容分汇编、类编两大类。汇编之下设杂纂、辑佚、郡邑、氏族、独撰。类编之下设经、史、子、集四类，每类之下又析子目若干。这部《综录》是从广义的概念出发，而《善本总目》对丛书的处理，则是从狭义的角度出发。即将丛书单独立为一部，改传统的"四分法"为"五分法"，丛书与经、史、子、集并驾齐驱。将唯有汇集了各部类的书，才称作为丛书，放入丛书部，然后依内容复分为汇编、地方、家集、自著四属。对只汇集同部类的书，称作丛编，分入各类。笔者以为，《善本总目》对丛书的处置，是真正把握了丛书的实录，接近了丛书的本义。

开发利用馆藏地方文献为建设杭州服务*

地方文献是记载某一地区政治、经济、文化以及自然资源分布情况的珍贵资料。完整系统地收集、整理、保存并开发利用地方文献资料,是各级公共图书馆的一项主要工作,这项工作的开展有助于图书馆藏书建设向合理化、系统化、特色化方向发展,有助于提高图书馆的服务层次和水平。

多年来,我馆对地方文献工作比较重视,特别是对文献的开发利用,花了大力气,做了许多工作。主要有:

1. 广泛宣传馆藏地方文献,编辑印发地方文献书目,为修地方志服务。

盛世修志,志载盛世,以便资治、教化、存史,故我国历代都有修地方志的传统,但修志最重要的是要有资料。而地方文献资料,是编纂地方史志的基础资料。方志工作者只有在尽可能多地掌握全部史料的基础上,经过比较、筛选与综合,按照地方志编纂的特殊体例组织起来,才能形成一部新志书。为配合

---

* 1992年浙江省地方文献工作经验交流会交流材料。

修志，我馆及时编印了《馆藏杭州地方文献资料目录》一书，发送到各修志单位。该书汇集了我馆所藏民国以前之版本中有关杭州地区的史籍。其内容分布汇辑，按类编排，每一条目都作了内容简介，一书在手，馆藏地方文献一目了然。这种以出书目的形式向社会推荐和宣传，能最大限度地发挥馆藏地方文献的作用，使读者能按图索骥，迅速查到自己所需要的古籍，此举社会影响比较大，效果很好。各修志单位从我馆获取了大量历史资料后，都陆续编辑出版了不少的志书，如杭州日报社编辑的《杭州市报刊史概述》、《杭州市教育志》中有关解放前杭州的教育情况，大部分史料是我馆提供的。新近完成的30万字《杭州市大事记》，也是我馆同志利用馆藏地方文献撰写成稿的。

2. 提供史料，为建设杭州风景文化旅游城市服务

上有天堂，下有苏杭，杭州风景秀丽，文化悠久，故国务院批准将杭州建成具有旅游特色的风景文化城市。针对这个情况，我们整理了有关杭州西湖名胜的资料。如旧西湖景观的照片，这些照片的数量远远超出了新近出版的《西湖旧踪》一书。我馆将此提供给市园文局、杭州大学地理系等有关单位，为它们探讨研究西湖风景园林艺术规律、了解西湖古迹的原始面貌提供了最直观的形象资料。我们还为有关单位恢复、重建、新建西湖南线风景点提供史料依据。例：杭州西湖风景区新建的太子湾公园，在其修建之时，该园设计者、市园文局高级工程师刘延捷，对该园园名的选定颇为踌躇。她说有关单位和她本人，当时对该地区

的资料掌握,仅上溯到明代,在获得我馆的资料后,得知该地区南宋时属于皇城范围。庄文、景献二位太子死后均葬在这一带。据此,刘延捷就将新风景点定名为太子湾。专家、领导在对太子湾公园进行验证时,也同意了这一名称。青山绕绿水、花团堆锦簇,太子湾,风景与园名相得益彰,已成为杭州又一新建的名胜景点。此外,几年来还陆续为玉皇山景点提供了关于七星缸旧址图、太极园图、福星观建筑图等。为回教凤凰寺提供了该寺创始人的历史资料,为灵隐寺恢复马一浮楹联提供了书法遗迹,为杭州著名旧建筑青年会钟楼、主楼的修复提供了完整的背景资料等。

今年是国际观光年,杭州将举办"画舫节"。杭州西湖画舫产生于唐代,发展于两宋,兴盛于明清。在历史上,与秦淮河画舫具有相同的影响和知名度。我馆有关同志,通过查阅考证,撰写了《西湖画舫》一书,详细地叙述了西湖画舫产生、兴盛的原因以及西湖画舫的造型风格和历代画舫在西湖上的一些活动情况,为"画舫节"提供了唯一的,也是第一手的素材。这一工作得到了组委会的赞赏。

3. 复制文献,抢救有现代实用价值的地方文献

我馆有一大批珍贵地方文献,因年代久远或虫蛀霉烂,或风化焦脆,字迹漫漶,以致无法使用。为赋予这些文献新的生命力,我们组织力量,有计划、按步骤地整理复制了一批现在急需使用的资料,如《杭州史地丛书》第一、二辑,有64万字,内容包括记录杭州山水、寺院、胜迹、风俗、市肆等。特

别是《丛书》第一辑里的《民国杭州新志稿》和后来我馆整理影印余杭县志办所藏稿本《杭县志稿》，是两部极有价值的乡邦文献，前者主要记叙了民国杭州市区的情况，后者则详尽地叙述了民国杭州郊区及余杭的情况。两部分内容珠联璧合，成了一部完整的《民国杭州市志》，从而填补了民国杭州没有志书的空白。

我们还打破文献的地方垄断，让资料充分发挥其应有的作用。主动与云南省联系，通报了我馆所藏云南地方文献目录。我馆藏有一大批民国云南地方学会从各方面搜集到的，准备修志的原始资料。大多为底本或稿本，云南图书馆馆长李高远激动地对我们说："这些都是我们多少年想搜集，而没有搜集到的宝贵资料，现在不论出多少钱，都要把它们复印出来。"经过协商，商定由我馆负责文献的分类整理印刷，云南图书馆帮助审订，从而先后汇编复制出版《云南方志考》、《云南产业志》及《云南史地资料汇辑》等线装图书。目前，《云南方志考》已完成，其余两部年底前可望完成。

4. 收集外地报刊评介杭州的资料，为市领导决策提供信息

从 1980 年 4 月开始，我馆利用馆藏报刊资料，筛选和摘编了《城市工作信息》内刊，每周一期，分送市委、市府领导及有关职能部门。其中"外地报刊评介杭州"专栏，颇受有关领导的重视。此栏目选摘了全国各地报纸、杂志对杭州的报道，报刊批评、赞扬、建议，以及杭州的某项改革措施和大的活动在各地的反响等，这对市委、市府领导了解情况，解决问题极有帮助，所

以许行贯副省长及市委市政府的领导给予了肯定和赞扬。领导的支持是对我们工作的巨大鼓励和推动。值此,杭州加快改革步伐之机,我馆地方文献工作在现有的基础上,有待进一步深化,特别是要继续在地方文献的收集和利用上多做文章。为建设杭州,繁荣杭州作出应有的努力。

民国杭州旧书业[*]

书肆业,古已有之。据文献记载,汉时就已萌芽,至宋元而备盛。降至明代,由于士大夫极度崇尚宋元刻本,出现了"蒐罗宋刻,一卷数金"的现象。更有甚者,著名藏书家毛晋,竟以页论价。常熟乡里由此有"三百六十行生意,不如鬻书与毛氏"的谚语。高额的利润,使得以营利为目的书贾队伍,旋即分化成两种经营方式:一为重营当代刻本者,一为专贩宋元旧椠者。后一种书贾经营即成为现代意义的古旧书业了。

浙江是人文荟萃之地,而杭州不但具东南形胜,更兼三吴都会,商旅发达,文化进步,是以书肆一业,出现甚早,且负盛名。旧书经营规模,虽不及北京琉璃厂,却也在全国书业中占有重要地位。尤其进入民国,上海作为新型工商城市迅速崛起,成为东南巨埠。文化事业也执我国牛耳。各种现代技术印刷的图书与新型书店目不暇接,出现了著名的福州路文化一条街。在此情势下,杭州书肆界则借自宋迄清均为刻书中心的声名,和藏书家、藏书楼多的优势,向旧书业的方向发展,终至形成旧书经营一枝独秀的局面。当然,这种局面的造成并非仅只上述原因。

---

* 原文刊于《杭州研究》1995 年第 4 期。

更主要的是时正值欧风东渐，固有的封建经济崩溃加速，赖此基础为生的世家大族急剧没落，所藏典籍星散云飞。故古籍书源丰厚，贩者有书可贾。又抗战事起，一些流氓、盗贼乘机洗劫。据健在的杭城旧书业前辈回忆，日军占领前后，从旧家大户流失出来的古旧图书多不胜数。一些旧书业主乘机廉价收购（一三轮车只须银洋一元），加以储藏，为日后抗战胜利旧书业中兴打下了物质基础。再者，自明以来对宋元旧椠的推崇，至民国并未改变，且扩大到明清版本也属珍物。不仅藏书家，学者广为搜访宋元明清之善本、秘本，甚至富商大贾，也群起争购，视典籍为财富。因吴越为文献大邦，是以搜求者均十分看重杭州。缘此，整个民国时期杭城旧书业都较兴盛。据笔者搜集到的资料统计，有44家之多，内中还不包括某些分店、书摊。

杭州旧书店，没有像外地那样稳定集中在某一条道路上，以形成颇具特色的文化街，而是分散几处，相对集中。且经多次迁移，相对稳定而已。如前期，主要在梅花碑、河坊、花市路三处。主要的旧书店有文元堂书店、古欢堂书店、问经堂书店等。中后期则主要散布在城站福缘路、新民路、湖滨、延龄路等路段。如抱经堂书店、宜新书店、文汇堂书店、松泉阁书店、天泰书店、维新书店奎记等。从前后期的变化分布，可一窥杭城格局变化，市区中心迁移的具体情况。

从经营情况看，总的标准有二：一是兼具"湖贾"与"居贾"两种性质，二是印刷古籍，涉足出版业。

所谓"湖贾"与"居贾"，是早期书肆经营的两种方式。"湖贾"谓四处游走的贾书者；"居贾"为开有店号的固定经营者。民国时期，由于杭州地处江南，近接上海，受资本主义影响较深，经营上颇显灵活。"居贾"与"湖贾"的界限已不甚分明，也可说是合二为一了。业书者往往稍有积蓄，便在城区租赁房屋，挂牌开张。或雇伙计二三，或是夫妻小店，架上书满，触目琳琅，遇有客来，则和颜悦色，奉前恐后，极尽店主之谊。为保证书源，经营者又携款外访，四处搜购。利用江南水乡优势，"扁舟轻棹，往来吴越"，行动迅速，且沿路边收边贩，边贩边收。以故家有业架之储而子孙不才者为主要购访目标，以学者士人而又家资饶富者为售书对象。一俟购到珍本、善本，更是游走兜售，居奇而沽，常常利润百倍，一跃而脱贫致富。

书业主们在搜书过程中，还极为重视对古籍刻版版片的收购。尤其印本存世不多的原刻版，在购进某书版片后，往往先将其排比整齐，清尘剔垢，缺字少角部分，则补刻完备。然后影印千百，上柜出售。每书卷后除署上店号、版刻渊源外，还印上"版权所有，翻印必究"字样，一如现代之版权法。计抱经堂书店印有《榆园丛书》(仁和许氏校刊)、《范氏三种》(乾隆范氏原刊)、《白华绛跗阁诗集十卷》(李氏原刊)等25种，文元堂书店印有《红楼梦图咏》、《西湖导游》、《西湖游览志》等数种，余不赘述。但这些具有出版性质的活动，实为杭州旧书业经营水平超越于国内同行的重要标志，也为杭州在中国近代出版史上挣得了一席之地。

杭州旧书经营规模最大，声誉卓著者，当推朱遂翔之抱经堂书店。终其一生，他致力于旧书经营，从一目不识丁的乡下佬，到创业开店，成为海内外知名的旧书店老板，成为殷富，成为版本目录学家，成为藏书家，富有传奇色彩。时人将他与《贩书偶记》的作者孙殿起合视为旧书业南北领袖，称"南朱北孙"。朱氏业书的最大特点："信诚业书、不沾沾计利，常常投桃报李，故大可人意。"以下故事或可佐证：朱遂翔曾收到一部明翻元《六子全书》。当时，因是熟人介绍而来，故来时未及细察，就充作元版购进。适著名版本学家，藏书家傅增湘来访，见几旁之书，拿起翻阅，竟也失眼，认作元版，以300元欢喜携归。回京后，傅仔细考究，大呼惭愧。即书函告朱。遂翔阅信后，立即汇回书款，并告书由傅先生自裁。此事一时传为美谈。朱遂翔鉴于古书无定价，无准则，书价常随买者之多寡而定，因此，难免有敲竹杠之事，乃仿效上海中国书店，汇编了《抱经堂书目》，书目中有目有价，一书一价。一改过去作风，信誉大增，营业蒸蒸日上，邮购的生意远至日本、美国。特别是编印《残本书目》，次为读者补配图书之用，更是大大地节约了读书人的访书时间。遂翔从民国十年开始编印书目，直至歇业，共出版目录三十余册。在他影响下，杭州有实力的旧书店也纷纷群起效尤，印行书目，都欲以诚取信顾客，以利竞争。如朱立行的《拜经楼书目》，屠叔臣的《文艺书店书目》，朱菊人的《经训堂书目》，金元达的《夸华堂书目》，杜国盛的《文汇堂书目》，顾立章的《复初斋书目》和朱宝庭的《汇古斋书目》等。郑振铎先生曾就杭州发行的书目，在《西谛书话》中写道："今岁书市因平（北京）贾之麇集而顿呈活跃，各家皆出书目。杭州诸肆亦每寄临时目录来。……前在中国书店见杭州某肆目中有《鹤啸集》，名目较僻，即托其代购。"其影响可见一斑。

诚然，也不讳言，在众多的书目中，也有少数著录时以假乱真，以劣充好者。但从总体而言，书肆目录的编印，其主流毕竟是好的，是值得肯定的。

由于朱遂翔为人诚实，又精研版本，遂被"九峰旧庐"主人，大藏书家王绶珊赏识，委以全权代办收书业务。遂翔替王氏收书，最得意的几笔生意有：以58 000元之价，收进常熟瞿氏铁琴铜剑楼宋版书八种；以6 836元，收进苏州邓氏群碧楼宋、元版为24种，以14 088元，收进北京傅氏双鉴楼宋、元版书15种。王绶珊自民国十六年（1927）开始收购旧书，至民国二十六年（1937）抗日战争止，共耗资50万元左右，为近代藏书家花钱最多的一个。其中经朱翔遂手购进的，就达30万元之多，朱氏因此获利10万元以上。俗语说："长袖善舞，多钱善贾。"朱遂翔有了这10万元基础，在民国旧书业中，往来纵横，大获巨利。不特所营旧书店成为全国资金最雄厚，影响最大的一家。而且，自己也藏书满楼，从一书贾变成了藏书家。著名学者马一浮，曾不无感慨地为朱遂翔《抱经堂藏书图》题句道："书中自有黄金屋，世上应无白眼人，一语告君勤记取，卖书能富读书贫。"

旧书业界，有一条不成文的规定："谁不会修补古籍，谁就不算真正业旧书者。"因此，业主之间，修书技术水平虽然不一，但多少都会那么一手。其中技术较精的，不但能将虫蛀霉烂焦脆脱页的书翻旧成新，且能依然保持原书风貌。在书源不足，生活清淡时，这些人就会被藏书家重金聘请。有的索性放弃旧书经营，专司补书业务。杭州藏书家叶景葵先生在其《卷盦题跋·读史方舆纪要稿本》中言及的杭州修书人何长生，就是一个专以补书谋生的书业中人。虽然，补书人的目的在于盈利、赚钱，但实际上他们所做的工作，却已在有意无意间抢救了大批珍贵历史文献。许多善本图书也赖此得以保存下来。和北京琉璃厂一样，杭州旧书业界也拥有一大批识版本，通目录的古籍专门人才。他们对版本目录学的研究，在某种程度上，并不亚于专业学者，故深为学界所重。章学诚先生在《文史通义》中，将业旧书而通版本之书贾，称之为"横通"——"老贾善于贩书……其闻见亦有可以补博雅名流所不及者，固君子之所必访也……周学士长发以此辈人谓之横通，其言奇而确也……"杭城"横通"较知名者，除朱遂翔外，尚有杜国盛、朱菊人、王松泉、徐子樵、金元达、李宝泉、韩学川、朱瑞轩等。其中前四人均为遂翔学生。他们虽都出身贫寒，也没有受过良好教育，但通过长年累月的实践积累，具有了丰富的鉴别常识和经验。至今健在的王松泉老人言及古籍版本流传情况，犹如闲话家常，且能说出自汉蔡伦造纸到如今一百八十多种纸张名目，有一半能直接鉴别其名称，制作于何时、材料，质量及其价值。这些杭州"横通"们，除将版本学运用到经营中，如搜书、编书目外，还接受学者，藏书家之邀，代为鉴定版本真伪，考证某书源流，与他们称友道兄，宛如雅士高人。更有因其"品格风度见识，确是高人一等"，而深受学者、藏书家信任，被委以代访善本、秘籍工作，并将所见所闻记录下来，成为现代研究版本学的重要资料。如《贩书琐记》、《遂翔所见书目》等。

可是，杭州旧书经营也有不尽人意的地方，为赚取高额利润，有将衬纸夹于册页中变一册为二册的。甚至有不惜毁坏版本，乱盖赝章，剜改牌记，做假题跋，冒充善本的。令研究版本者，多耗费精力、智力来拂去人工的污垢。百业之首的营书业，也终因其局限性，摆脱不了"贾"的特点。不过，贾货营利，理之所然。由此而产生的种种弊端，亦实属难免。何况，小过不掩大节，书肆业终究是功大于过的，它们对保存，流通古籍方面的贡献，应当得到肯定。

旧书业发展到 40 年代末期，因国内战争，经济动荡，旧书经营遂显艰难。一些店家为谋生计，不得不新、旧书兼营。有的还开辟出租图书业务。千方百计维持营业，苦苦支撑以度危局。至中华人民共和国成立，旧书业先在合作化政策引导下，走上联营道路，成立了杭联书店、前进合作书店、建文合作书店、建新合作书店。到 1958 年，公私合营，上述合作书店全部并入新华书店，至此，杭州私营旧书业就彻底消失了。

徽州地区刻书

徽州地区的刻书,在中国雕板印刷史上,占有非常重要的地位,版本学中所谓"徽刻"或"新安刻本"、"新都刻本",即此指。

徽州地处皖南山区,面积不大,仅领今歙、黟、休宁、婺源(今属江西)、绩溪、祁门六县,徽州之名始于宋宣和三年。宋以前,隋称歙州,晋名新安郡,东汉为新都郡。此地不仅山水秀美,物产富饶,更兼商贾云集,文化昌盛。无论在文化学术、艺术、工艺上,抑或医药、商贾、出产等方面,都有辉煌的历史。而新安理学,徽州朴学,新安画派,徽派篆刻,徽墨,徽砚,徽雕(所谓木、石、砖三雕),刻版,徽剧(起自青阳腔)等,则已形成一种特殊的"徽学"学科。

徽州的刻书,渊源甚久。据文献载,早在唐代中期就有刻书。至宋代,理学大师朱熹刊有《古周易》,会稽郡守汪纲刻有《越绝书》、《吴越春秋》、《参同契分章道真义》等。不过有学者认为,上述书籍均系两人在外居官时所为,以严格意义上讲,不能算作徽刻,承认其为徽刻的,一为潘植子醇《忘筌书》,二为李椿《中兴登科小录》、《姓类》,三为绍兴末年在歙县开雕的《松漠纪闻》等。其实,这些书也是只见记录,未见存本。根据现在掌握的情况，真正流传在世有实物可见的徽刻宋本有五种，即是朱熹《诗集传》、吕谦《皇朝文鉴》、王佖《朱子语录》、魏了翁《九经古义》和祝穆《方舆胜览》。及元，徽州继宋之遗风，仍刻了不少书，其中最有名的，当推旌德县尹王祯首创的木活字和转轮排印架，他试印了六万多字的《旌德县志》100部，成为世界上第一部木活字版书籍。

徽州刻书的极盛时期是明中叶至清初的300年间，尤其是万历一朝，徽刻不仅以精美的版画插图，独步一时，而且以横细竖粗的长方形独特字体，嬗别了万历与以后的刻书风格。郑振铎先生把这个时期称作"光芒万丈的万历年代"[1]。据周弘祖《古今书刻》载，明万历以前，徽州刻本有31种，占安徽刻书的三分之一强[2]。明正统至万历年间，歙县仇村黄氏一族刻本有50余种；万历至崇祯年间，除书院刻书外，私家刻坊众多，刻铺比比皆是，士人、刻工、印工三位一体，合作发明了"套版"、"饾版"、"拱版"技术，刻书范围更为广泛，刻书业跃居全国之首，为全国刻书中心之一，声誉鹊起。明代学者谢肇淛盛称：新安刻本"剞劂之精者，不下宋版"[3]，"其所刻之书，多附插图，图文并茂，精致优美，雅俗共赏"。因其独具特色，人称"徽派"。

清康、雍、乾、嘉四朝，徽州依然为全国刻书中心之一。官刻私刻两旺，志书、宗谱刻印发达。府志、乡镇志、书院志、金石志，种类齐全。据统计，各种不同刻本多达43种，宗谱刻印，遍及县乡。特别是一些大族之谱，不仅刻印精工，且卷帙浩大。如乾隆十八年（1753年）刊印的《休宁古林黄氏重修族谱》八卷，每卷长51公分，宽31.5公分，重达15公斤。

明代徽州具代表性的刻书家有吴勉学、吴琯、汪廷讷、胡正言等，他们刻的图书印刷精美，校对精审，多为善本。吴勉学，字师古，歙县丰南人，官至光禄署丞。世代业商，博学而喜藏书，师古斋为其藏书阁与刻坊名，刊有《河间六书》、《伤寒六书》、《难经本义》、《古今医统正脉全书》等医书。获利后乃遍搜古今典籍，并而梓之，刻梓费达十万之巨，现在我们所能见到的有《五经》、《四史》、《资治通鉴》等。吴琯，字仲虚，坊名西爽堂，刻有《晋书》、《三国志》、《水经注》及《诗经》，又汇刻《古今逸史》42种，182卷。汪廷讷，字昌朝，又字无如，号无无居士，又号坐隐先生，室名环翠堂，曾官盐运使。工乐府。所刻自著《人镜阳秋》二十二卷，按历史故实，每事一图，内容丰富多彩，图版刻印精美，是明刻精本中的代表作。除此还刻有多种传奇，世称"环翠堂乐府本"。胡正言，字日从，徽州休宁人。寓居南京，坊名十竹斋，所刻图书见于著录和有传本的多达30余种，经史子集俱备，以艺术类图书最著。所刻《十竹斋画谱》和《十竹斋笺谱》采用"饾版"和"拱花"印刷技法，镂刻精致逼真，设色浓淡适度，至今仍很少有人超过他。至于明末徽州其他坊刻，在《徽州地区简志》中有统计，并绘有一表，现转抄如下，以窥明代徽刻之盛况[4]。

坊　名	坊主	县　籍
高石山房	郑之珍	祁　门
慈仁斋	蔡凤鸣	新　都
美荫堂	方于鲁	歙
（墨商兼书商）		
玩虎轩	汪光华	歙（寓金陵）
奎壁斋	郑思鸣	歙

观化轩	谢虚子	歙
熙春堂	吴继仕	歙
省吾堂	汪士贤	歙
忻赏斋	程百二	歙
滋兰堂	程大约	歙
大雅堂	汪道昆	歙
如皋馆	潘　氏	歙

（墨商兼书商）

滋苏馆	程大宪	歙
树滋堂	吴元维	歙
直方堂	余懋学	新　安
尊生堂	黄正位	歙
泊如斋	吴养春	歙
摄元堂	程嘉祥	新　安
浣月轩	汪樵玉	新　安
酣酣斋	许　氏	歙
集雅斋	黄凤池	新　安（寓杭州）
	程　荣	歙
	汪一鸾	歙
	谢少连	歙

清代家刻有代表性的是歙县汪启淑的飞鸿堂、汪梧凤的不疏园及鲍廷博、鲍淑芳、马曰琯等。特别是鲍廷博，他不但富藏书，且极喜刻书，而不为营利计，所刊《知不足斋丛书》30集，每集8册，共207种，781卷，具有较高的历史文物、学术资料和艺术价值，是一部以精善著称的综合性图书。世人誉此为"学者必

需之书"。嘉庆皇帝也曾为此颁旨嘉奖,此可谓历代刻书者之最高荣耀了。

徽州自明迄清(前期)刻书业兴盛一时,原因是多方面的,从技术角度讲,两代在出版数量、印刷技术或图书内容方面,都有超越前代的成就,这是雕板印刷技术发展到一定阶段的必然结果。从社会大环境讲,上层阶级深谙"武定祸乱,文致太平"的道理,所以都比较重视发展文化。明洪武元年八月,诏除书籍税,并于同年"命有司博求古今书籍"[5],使刻书一时成为风尚,清康熙帝除承前代免书籍之税外,还开设"博学鸿词"科,网罗和拉拢汉族知识分子为其效命,以巩固满清的统治政权。同时,康熙十三年(1673年)命廷臣补刻明经厂本《文献通考》的漫漶残版,并在武英殿设修书处。校对官吏和写刻工匠聚集一处,由翰林院词臣总领其事,一改明代由司礼监专司其事的旧习。这些,对刻书事业都起到推进和发展作用。从徽州自身条件讲,使刻书业的迅速壮大则拥有以下几方面优势。

1. 虽为一隅之地,文化却十分昌盛

徽州虽地处皖南山中,却素有"东南邹鲁"之誉,所谓理学经儒,在野不乏,著述繁富的卓然大家代有其人。徽州文化繁荣局面的形成,与民族大迁移有关。自汉晋以降,中原"衣冠巨族"为逃避战乱,相继迁入这深藏于丛山中的徽州,"皆抱孙长息于此"。这些中原士族的徙入,改变了徽州原来居民较为单一的结构,提高了文化层次,形成了新一代的徽州人。尤其是在徽州这块土地上产生了朱熹父子这样的儒学大师后,歙人皆以"程朱

阙里"为荣，把"诗礼传家"作为最高追求方向。由此文风渐开，学风渐炽，读书藏书人家日渐增多，在学而优则仕的动力下，教育兴盛起来，至明清时期最为鼎盛，有"私塾林立，遍及四乡，千户之村，不废诵读"的记载。书院教育也极为昌盛，宋代有书院12所，明代则为全国书院四大基地之一。最负盛名的歙县紫阳书院，自宋迄清，一直是新安理学中心。而休宁还古书院，万历至崇祯年间，多次举行大型演讲会，每次会期10天，听众多时可达千人。教育事业蔚然成风，得使徽州成为人文郁盛、人才辈出的文化之邦，道光《徽州府志》载，宋明清三朝，产生进士1324人，清代仅休宁一县，即出状元13个，科举之盛，为全国之冠。在这样的文化氛围下，在如此众多的文化人群中，刻书成为人们热衷的事业，当不足为奇了。

2. 明代崛起的徽商对刻书有满腔的热情

徽商的产生，实是徽人在天蹙地窄的环境条件下，所作出的生存抉择，当然也是唯一抉择。徽州处群山之中，可耕田很少，故"绝无农桑之利"，所需粮食，大半取于江西、湖广，除大地主之外，小民多执技艺，或负贩，就食他乡者常十九。明成化后，随着"开中法"的改变，允许商人在产盐地区，两淮、两浙直接纳粮换盐，自由贩买，徽商得以乘机打入盐业领域，并以此为契机，雄飞中国商界。徽商是非常奇特的一支，他的成员以士人为多数，是一批具有很高文化修养的社会阶层，故有"儒贾"之誉。这些读书人亦和其他地方的儒士一样，苦读圣贤之书，力求仕进，然在尚未考取功名之前或已失去希望之后，他们不得不进行养家糊口的劳作。由于无农桑可耕,只有商贸可行,于是平原地区儒士憧憬的"耕读"境界,到他们手中就变成了"商读"。便形成了独特的儒商队伍,有了"读书好、营商好、效好便好"的极其现实的言语;有了亦贾亦儒,时贾时儒,贾以厚利,儒为名高种种的活动——如藏书,如刻书。

他们的藏书,并不仅仅是为了满足自己读书的需要,而是择善本而刻之,而贾之,以获取高额的利润。但有时也非专为射利,而是为了射名,为自己、为先人、为朋友刻印著述,文章千古事,良篇传不朽,欲以此图得文名,图得清誉,图得不朽。这样,随着徽商名——利,儒——贾的"迭相为用",徽州的刻书业也就被一步步推向高峰。

3. 拥有一支技术熟练、手艺精湛的刻工队伍

徽州的镂刻技术是历史的积累。唐宋以来享誉海内外的徽墨、徽砚制作,其镂刻手艺,为雕板印书的先声,而民居建筑中的木雕、砖雕、石雕技术,则是徽刻版画艺术的另一种表现形式。缘于这些原因,徽州各县精于刻书镂画者很多,徽州地区博物馆初辑《徽版古籍刻工姓名录》,即有417人。不过相对而言,以歙县、休宁两地刻工较多,这与歙县为徽州政治、经济中心,两地多门阀大族有关。历史文献记载,明清徽州刻书鼎盛时期"歙县刻字铺比比皆是,时人有刻,皆求歙工"。所刻图书,"婉转秀丽,人争宝之",明胡应麟云:"余所见当今刻本,苏常为上,金陵次之,杭又次之,近湖刻、歙刻骤精,遂与苏常争价。"从现代流传下来的传本看,也确实是刻印俱工,尤其是古籍插

图，精美绝伦，叹为观止。

徽州刻工以歙县虬村的仇氏和黄氏最为著名，仇氏出道较早，可能因族中人丁渐少，抑或另谋别业，总之，很快就式微了。唯独黄氏一族，世守此业，父子兄弟相传，连绵近四百余年，可资今人查考的黄氏刻工有三百多人，刊刻了二万余种图书，可谓中国刻工第一家族。黄氏刊刻较著名的图书有《帝鉴图说》、《图绘宗彝》、《程氏墨苑》、《状元图考》、《北西厢》、《琵琶记》、《元曲选》、《青楼韵语》、《坐隐棋谱》、《人镜阳秋》等。徽刻工人素质较高，一般都粗通文墨，有些还会诗文、书法、画图，艺术修养有如士人，故极宜与文人相处，也宜于合作。在徽刻历史上，尤其在版画插图的创作中和印刷技术的改良上，留下了许多动人的佳话。如名画家丁云鹏、吴左千与刻工黄德时合作的《博古图录》；汪耕与黄应祖合作的《人镜阳秋》、陈洪绶与黄学文合作的《九歌图》、《水浒叶子》等，绘镌双绝，相得益彰。以刊刻《十竹斋画谱》、《十竹斋笺谱》闻名的胡正言，还请了不少徽籍刻工到他斋中工作，"不以工匠相称"，与他们"朝夕研讨，十年如一日"。创造性地发明"饾版"和"拱花"二法。所印成的笺画谱，五彩缤纷。有阴阳浓淡之分，"展册淋漓，宛然在目"。为徽派版画别开生面，成为徽派版画的最高成就。郑振铎先生在《中国版画史序》中说："以大画家之设计，而合以新安刻工精良绝世之手、眼与刀法，斯乃两美具，二难并，遂形成我国版画史之黄金时代焉。"[6]

4. 拥有取之不尽，用之不竭的原材料

徽州地处黄山白岳之间，气候温润，山川秀丽。全境盛产雕

板良材如虎骨木、枣木、梨木、银杏木等，这些木版质地坚实异常，不像建阳用榕木、杭州用白杨，甚至用乌桕板者，质软不耐刷印。此外，徽州是著名的江东纸的产地，该纸具有麦光、白滑、冰翼、凝霜四色，而且都充贡品，还盛产绝细坚韧的白棉纸。有了这些大量精致的纸张生产，无疑满足了印刷业的需要。徽墨也与雕版印刷很有关系，徽州的制墨源于唐代，南唐时李超、李廷珪父子制的墨就很出名，宋以后制墨业一直保持盛誉。徽刻本墨青色纯有赖于此。材料是良材、刻工是名手，这就是刻印俱精的原因与保证。

徽州刻书发展至嘉道时期，开始走向衰落。清中期后，由于西方列强侵略不断深入，洋货不断排挤土货，机制工业品逐渐取代手工业品，官僚资本、买办阶级的出现，使徽商几无圜旋余地，又加上经营上墨守成规，于是在"世变日新、物竞强烈"的时代，徽州商人就被毫不留情的潮流淹没了。但是，饶有巨财，对刻书有着满腔热情的徽商的衰落，仅给徽州刻书业以重创，并非为致命打击。而持续13年之久的太平天国战争和西方印刷技术的传入及广泛应用，才是徽刻衰落的真正原因。

徽州向以群山盘亘环峙，给人以逃避战乱的庇护。到了清道光三十年后，随着太平天国战争的爆发，及不久以后的占领并定都天京（南京），使徽州历史上的安定局面不复存在。由于从徽州的黟、祁出贵池可达安庆。经婺源、景德镇可下九江。出绩溪丛山关或旌、泾可直抵天京（南京），从歙县或绩溪出昌化可至杭州，因此据徽州即可卫天京，徽州实为天京的屏障，地理位置十分重要。所以，太平军、清兵都十分重视徽州的存亡，为争夺该地区控制权，双方经常展开激烈战斗，小战役不计，大的争夺城池之战有近60次之多，整个地区成为两军鏖战的战场，甚为惨烈。无辜村民被掠杀者难以计数，有举家被难者，有合村被戮者，徽州千年以来所遭人祸，以此为至极矣。在这样的情形下，徽刻自然无法为继了。

就在徽州饱受战乱之苦的时候，先期由西方传教士出于传布基督教义，宣传"西学"需要而传入我国的机器印刷术开始在各通商口岸、繁盛大埠流传开来，和中国的木刻印刷术相比，新兴的机器印刷术可免去雕板、手工扑刷等复杂的劳作，既节约劳动力，又节省资金和时间，缩短出书周期，使成书快捷。因此，该技术一出现，就被许多有识人士看重，积极加以介绍。1902年《大陆报》中的一则广告足以表明当时知识界对这一"舶来货"的认识："自欧洲机器印刷之学兴，世界文明生一大变革。由是观之，机器印刷之关系其重大可知矣……夫印刷之巧拙，即代表其国文明程度之阶级。泰西诸国注意于印刷之改良，倍加郑重，故所成之图画书籍精工无匹，而出版愈多，文明之程度愈增，国势亦因之以强。征诸日本，可为殷鉴，以较我国千百年来绝不以此经意者，其优劣悬殊，殆不可以道里计矣。"[7] 清代晚期，有志之士奋起著书立说，出版图书、报刊，宣扬振衰起弊的诸种方法，及开办新学堂所兴起的对书籍需求量陡增的客观形势，促进了机器印刷术在国内的传播。所以，在徽州结束战乱，人民得到休养生息，各行各业趋归正常后，虽然徽州的刻书业暂时重新恢复，但终究时势已移，不再是雕版印刷的年代了。外面的世界已是先进的机器印刷术替代了繁琐费时的手工印刷术，现代出版企业形式替代了私人集资和书坊、书肆为单位的出版格局。雕版印书渐渐地将只是作为一项专门艺术而流传，再也不能作为书籍出版、生产的主流了。于是,徽州地域的资源、技术、文化的优势不再,徽刻也就此彻底衰落了。

参考文献

[1] 郑振铎. 中国古代木刻史略[M]. 北京:人民美术出版社,1985.
[2] 周弘祖. 古今书刻:上编[M]//高儒等著. 百川书志 古今书刻. 上海:古典文学出版社,1957:341-344.
[3] 谢肇淛. 五杂组:卷十三[M]. 北京:中华书局,1959:381.
[4] 安徽省徽州地区地方志编纂委员会. 徽州地区简志[M]. 合肥:黄山书社,1989:314-315.
[5] 龙文彬. 明会要:卷二十[M]. 北京:中华书局,1956:418.
[6] 胡应麟. 少室山房笔丛:卷四《经籍会通》[M]. 北京:中华书局,1958:59.
[7] 郑振铎. 中国版画史序例[M]//张静庐. 中国现代出版史料:丙编. 北京:中华书局,1956:396.

杭州民国时期旧书店创停简史[*]

民国时期，杭州古旧书业极为活跃，在全国同业中也有很大影响，喜爱古籍者，莫不以来杭一觅为乐。是时杭州抱经堂书店老板朱遂翔，可说是杭城书业中的头面人物，其资金拥用量为全国同业之冠，生意不仅遍及海内，还做到国外。所经手的古籍图书无可计数，晚年歇业居家，撰写《六十年书肆回忆》，惜未全部完成而邃然逝世。今笔者有幸得阅此稿，觉得再不整理，恐不久都将散佚，征得遂翔先生女儿同意，将稿本整理、修订，并采访至今仍健在的书肆业前辈徐子樵、王松泉、徐济谦，根据他们三位提供的情况，再加以补充、汇辑此篇，以为后来研究杭州文化史者存一段信史。

1. 文元堂书店

业主杨跃松，杭州人，光绪二十四年开业至民国十年闭歇，地址在清河坊。分店天禄阁书店，光绪三十三年至民国六年，地址在梅花碑。

2. 古欢堂书店

业主郑小琳，杭州人，光绪二十八年开设至民国十七年闭歇，地址在花市路。

---

[*] 原文刊于《浙江方志》1996 年第 1 期。

3. 问经堂书店

业主周竹斋及其子周孝穆，其孙周宝琳，绍兴人，光绪末年开业至解放并入前进合作书店，原址先设在清河坊，后迁至中山中路又迁至官巷口。 分店知新书店，宣统年间开设，不久停业。

4. 经香楼书店

业主朱成章、朱惠泉父子，宁波人，光绪末年间开业至民国二十四年迁往上海。 解放后并入上海古籍书店。 地址先设于梅花碑后迁至城站福缘路。

5. 石渠阁书店

业主陈子卿、陈士奎父子，绍兴人，清末年间开业，至解放并入前进合作书店。 原址先在花市路，后迁至延龄路，又迁于湖滨。

6. 文玉堂书店

业主顾树培，绍兴人，民国初年开业，至十年歇业。 地址在清河坊。 分店务本堂书店，地址在梅花碑，民国五年开设，与总店一同报歇。

7. 汇古斋碑帖店

业主朱灿、朱宝庭、朱宝庆父子。 民国初年开业至解放，并入前进合作书店，早年经营碑帖，后改经营古旧书业务，店名也相应地改为汇古斋书店。 地址也从梅花碑迁至城站福缘路。

8. 抱经堂书店

业主朱遂翔，上虞曹娥人。 民国四年开业至抗战停业，后迁至上海三马路至解放初停业。 地址在梅花碑，民国十年迁至城站福缘路。

9. 宜新书店

业主黄震通、黄宝雍父子。 绍兴人。 民国七、八年间开业至抗战。地址在延安路。分店大文堂书店，地址在清河坊，民国十年开业，不久关歇。

10. 述古堂书店

业主李宝泉，杭州人，民国七、八年间开业，至十六年关歇。地址在梅花碑。

11. 收古斋书店

业主侯月樵，杭州人，民国八年开业，至十三年闭歇，地址在梅花碑。

12. 道古堂书店

业主张维熙，杭州人，民国八年开业，至十七年停业，地址在花市路。

13. 万卷楼书店

业主王连福，绍兴人。民国十年开业，至抗战关歇。地址在梅花碑，后迁至湖滨。

14. 麟经堂书店

业主朱麟宝，宁波人。是朱成章之子，民国十一年开业至十八年报歇。地址在板儿巷。

15. 文艺书店

业主屠叙臣，绍兴曹娥人。民国十一年开业至抗战，地址在羊市街。

16. 复初斋书店

业主顾立章，绍兴上虞人。民国十一年开业至抗战。地址在城站羊市街。

17. 六艺书局

业主陈立炎，海宁人。民国十二、三年间开设，至二十二年闭歇。地址在湖滨。

18．小琳琅馆书店

业主郑毓宝，杭州人，民国十二年开业，至民国二十二年。地址在城站福缘路。

19．文奎堂书店

业主陈士英，绍兴人，陈子卿次子。民国十四年开业，至二十年报歇。地址在延龄路。

20．陆氏书店

业主陆小保，绍兴人。民国十七年开业至抗战，地址在许衙巷口。

21．周氏善本书室

业主周老四，杭州人。民国十七年至抗战。地址在泗水坊桥。

22．经训堂书店

业主朱菊人，绍兴上虞人。民国十八年开业至抗战。地址初设许衙巷口，后迁至城站福缘路。

23．豸华堂书店

业主金元达，杭州人。民国十九年开业至抗战关歇。地址在马市街八号。

24．翰墨林书店

业主钟林法，绍兴人。民国十九年至解放并入前进合作书店，原址初在教仁街，后迁至中山中路保佑坊。

25．摩登书店

业主小骆驼，绍兴人。民国二十年开业，抗战时停业，地址在新中国成立中路。

26．拜经楼书店

业主朱立行，又名同寿，曹娥人，民国二十一年开业，至解放公私合营并入杭州古籍书店，原址先在城站福缘路，抗战时迁至新民路。

27．宋经楼书店

业主韩学川，绍兴人。民国二十二年开业至解放歇业。地址先设于大学路，抗战后迁至新民路。

28．撷英书店

业主洪承德，杭州人。民国二十三年开业，次年歇业，地址在板儿巷。

29．文汇堂书店

业主社国盛，上虞人。民国二十八年开业至解放并入建文合作书店。原址在新民街。

30．天禄阁书店

业主徐春樵，绍兴曹娥人。民国二十八年开业，解放前歇业。地址在新民路。

31．志成书店

业主尹家斌，苏北人，民国二十八年开业至解放并入建新合作书店，原址在青年路。

32．胡氏书店

业主胡金奎，东阳人，民国二十八年开业，三十三年闭歇。地址在皮市巷。

33．陈氏书店

业主陈茂盛，绍兴人。民国二十八年开业，三十二年闭歇，地址在延龄路平海街口。

34. 近知书店

业主沈尧敬,杭州人。民国二十九年至解放并入建文合作书店。原址先设在中山中路保佑坊,后迁至新民路。

35. 松泉阁书店

业主王松泉,绍兴人。民国三十一年开业,至解放并入建新合作书店。原址在新民路。

36. 天泰书店

业主徐子樵,绍兴曹娥人。民国三十一年开业,至解放并入前进合作书店,原址在新民路。

37. 西蒙书店

业主范智仁,杭州人。民国三十二年开业,民国三十六年将店盘给吴伯训。至解放并入杭州联营书店。原址在新民路,1958年,并到新华书店。

38. 维新书店奎记

业主陈士奎,绍兴人。民国三十三年开业至解放并入前进合作书店,原址在湖滨。

39. 武林书店

业主王傅根,绍兴人。王宝雍之子。民国三十四年开业,解放初闭歇,设店于教仁街。

40. 杭州旧书店

业主蔡新法,开设于抗战期间。地址在中山中路,解放后并入前进合作书店。

此外,还有四家在民国六、七年间开设在梅花碑的旧书店,但业主名字失查,它们是聚元堂书店、文宝堂书店、通志堂书店和奇晋齐书店。

杭州图书馆地方文献工作回顾[*]

地方文献工作是公共图书馆工作的一个重要组成部分，但相当长的时间并没有得到足够重视，只是到了80年代，各地纷纷修志，这项工作才被提到一定高度，我馆就是在此种大气候的影响下，开始加强并充实地方文献工作而成立了专门的地方文献组，由于没有成熟的经验可鉴，因而，我们按照自己的思路，根据我馆的实际情况，作了一些努力，具体表现在：

1. 收藏范围的考虑

确立文献的收藏范围，主要是解决两点：地域的范围、文献的范围。

地域范围的确立，是收藏工作的先决条件，因为只有确定了杭州的地方范围，才能确立杭州的地方文献范围，即杭州的地方史料、地方人物、地方出版物的范围，经过慎重考虑，我们决定以现在的杭州行政区划为原则，即一市七县。

对什么是地方文献，学术界在理论上有不少论述，但从总体

---

[*] 浙江省图书馆学会第七次学术讨论会论文。

看，不外乎两个方面：其一，地方文献是指本地区出版、印刷的各种载体的一切文献资料。其二，地方文献是指在内容上具有地方特色的一切文献资料。目前，持第二种观点的人较多，即重视文献的内容。对此，我们的看法是灵活把握，不要一刀切，不搞绝对化，因为报刊、文件有一个连续性、完整性的问题，著名人士著述有一个系统性的问题，我们不能仅以内容来简单取舍，在日常搜集活动中，我们较重视文献的内容，重点搜集内容上具有地方性的文献，但也不轻易抛弃非内容的文献资料，而是经过整体比较后决定。

需要强调的是，有一种观点认为，图书馆收藏地方文献，应只收藏古籍类或现代公开及内部出版的图书、报刊。而金石碑拓、书画是文物性文献，应划给博物馆收藏，对这一观点，我们不做苟同，我们认为，金石碑拓、书画是重要的地方文献，特别是金石碑拓，其内容不但包括了战争、宗教、祭祀、礼仪、世系传记，而且还有天文、地理、风土人情、医药、筑路题名、商业等，可以说是一部石头的志书，这么重要的地方文献，因其本身具有文物性，而不能收。那么同样具有文物性的古籍线装书图书馆也不能收了。这种观点显然是不符合逻辑的。

最后补充一点，关于地方文献的类型标准，我们的原则，凡是具有地方性和具有收藏及使用价值的文献，不论古今中外、不论著者、文种和载体与出版、印刷在何地，一概收藏。

2. 收藏重点的考虑

杭州是历史文化名城，浙江省省会，故地方文献资料十分丰富，品种亦十分繁多，涉及面极为广泛，在工作刚刚起步，就将收集工作全面铺开，胡子眉毛一把抓，难免要顾此失彼，为此，我们除将古籍地方文献作为必收物外，在新书范围，又确立了几个重点：(1) 学术团体和社会团体系统（以杭州市区为主）；(2) 各局及所属市级单位；(3) 知名人士系统（主要是他们的著述。对于人物的认定，不按旧方志以籍贯取人的方法，因这显然已不适合当代社会。只以三条标准衡量：① 杭籍人士；② 非杭籍，但对杭州有突出贡献者；③ 历史上在杭曾有过经历，在学术上有重大影响者）。采用各种征集方式，与之建立一定协作关系，希望花几年时间，形成一定的文献规模。

3. 文献收藏的考虑

在如何筹建地方文献库的问题上，我们有过一番踌躇，有人提出来，将馆藏中有关杭州为主题内容的图书全部提出，再将古籍中的地方文献从古籍部中分离出来，两边集合一起，形成一个完整的地方文献库，经过考虑，我们未采纳这个方案，原因是这样做，牵涉面太广，工程太大，人力物力比较难跟上，善本文献从古籍善本室提出也欠妥，保管上也较为不便。最后决定，除非新近收来的文献辟室收藏外，不再打乱现有的藏书结构体系，只是将有关目录集中，汇编成杭州图书馆地方文献目录，供读者查询，然后按照目录的指引到各有关库室借阅，几年的工作实践证明，我们采取图书分散保管，卡片集中的办法是正确的，做到了以最小的代价，取得了最大的利益。

4. 开发古文献

广泛地收集地方文献的目的，是为了服务社会，从这一愿望出发，根据馆藏古籍杭州地方文献特别丰富的特点，编印了《馆藏杭州地方文献资料目录》一书，分送各修志单位，该书目内容分部汇辑，按类编排，每一条目都作了内容简介，一书在手，馆藏古籍地方文献一目了然。这种以书目的形式向社会推荐和宣传，最大限度地揭示了馆藏文献，使读者能按图索骥，迅速查到自己所需要的古籍。不少单位据此获取了大量的历史资料，编辑了不少新志书，如《杭州市大事记》（自先秦—49年），《杭州市报刊史概述》、《杭州市教育志》等。

为抢救一批濒于湮灭，而又具有巨大使用价值的古文献，我们组织力量，有计划、有步骤地整理复印了一批现在急需使用的资料，如《玉皇山志》、《红学丛编》、《杭州史地丛书》（第一、二辑），特别是《丛书》第一辑里的《民国杭州新志稿》和原来我馆整理影印余杭县志办所藏稿本《杭县志稿》，这是两部极有价值的乡邦文献，前者主要记叙了民国杭州市区的情况，后者则详尽地叙述了民国杭州郊区及余杭情况，两部分内容珠联璧合，成了一部完整的《民国杭州市志》，从而填补了民国杭州没有志书的空白。

为了让文献充分发挥其应有的作用，我们打破了文献垄断，主动与云南省馆联系，通报了我馆所藏云南地方文献情况，这批文献都是民国云南地方学会从各方面搜集来准备修志的底本、稿本。云南省的同志很激动，他们说："这些都是我们多少年想搜集，而没能如愿的资料，现在不论花多少钱，都要复印回来。"经过协商，我馆处于资源共享的原则和兄弟馆的情谊，不收任务资料保管费，就将所有云南地方文献复印给云南省馆。并受他们委托，整理、印刷、出版了《云南地方志考》、《云南史地资料汇编》、《云南产业志》三部书。

5. 存在的问题

现阶段的征集工作面广、难度大。由于社会上突出强调商品的经济属性。单位和个人深受影响，自然都要考虑经济因素，个人尤甚，而目前又无完善、健全的出版物呈缴制度，这就造成征集过程中，文献源的畅通，工作的顺利开展，只能因被征集者的理解与支持及个人意愿来决定成功与否，因而发展颇为被动。

其次，图书馆、档案馆在文献收集上，虽然表面各有分工，但实际工作中交叉收集现象屡见不鲜。造成混乱的原因，从内容性质讲，档案本就属于地方文献的范畴。从职责讲，双方界线不明，划分不清，又缺乏权威部门的裁定，矛盾在所难免。

以上文字不是地方文献理论的阐述，而是粗线条的工作总结。且因篇幅的原因，每一个问题都只能浅谈辄止。撰写此文的目的，在于将我们工作观点、工作方法在大会交流，以求教于同道师友！

朱遂翔与《抱经堂藏书图》[*]

在中国近代书肆史上,杭州抱经堂书肆老板朱遂翔是一个颇有影响的人物,他的经营活动折射了中国旧书业发展史的缩影且具有一定的代表性,值得研究。

1. 朱遂翔其人其事

朱遂翔,字慎初,清光绪二十年(1894)生于浙江绍兴曹娥镇。因其家境贫寒,14岁时便由姑姑介绍到杭州河坊街文元堂书店做学徒。朱氏天资聪颖。自知从事书肆经营必须具有一定的文化知识,因而稍有空暇,便写字、读书,再加上他做事勤快、头脑灵活,不久就深获业师杨跃松的赏识,放他出去收旧书,以长见识、练本事。他利用这个机会,很快就熟悉了杭、嘉、湖一带的地理环境,了解了世家大户的盛衰情况,结识了这些地方的不少书商捎客,也积累了做生意的经验,特别是掌握了古籍版本鉴别常识,从而为以后"独闯天下"打下了坚实的基础。

民国四年(1915),朱遂翔在杭州梅花碑开设了抱经堂书店,

---

* 原文刊于《图书情报》2005年第5期。

从此开始了贩书生涯。因其经营有方,不几年,抱经堂书店就发展成两开间的门面,书店亦从梅花碑迁至城站福缘路。由于近接火车站,南来北往,客商云集,书肆十分热闹。鲁迅先生在其日记中,曾记载了他在城站等待火车的间隙,前往抱经堂书店选购书籍的情景。[1] 就在此时,朱氏逐渐与国内许多文化名人建立了良好的私人友谊,如傅增湘、高吹万、汤寿潜、顾颉刚、许承尧、陈病树等学界名流。这不仅使销售渠道得到了保证,而且也使他的品鉴水平得以提高;书肆模式也从单一的固定店面经营,扩大为邮购、预订等业务。朱遂翔在长期的经营过程中,积累了丰富的实践经验;古籍版本辨别精审,尤为人称道。他常常从人们不经意的"故纸堆"里搜得"瑰宝",试举一些事例:他曾在徽州收购到当地刻的明版《樱桃梦》、《红拂记》、《盛明杂剧二集》以及明洪武年间仿刻宋版《大藏经》足本等。[2]《大藏经》以卷帙宏富著称,就是在今天也很珍贵,此书后来售于蒋孟蘋,又由蒋转让给张元济,归上海涵芬楼收藏,抗战期间毁于日寇炮火。此外,朱遂翔曾为北京国立图书馆收得宋绍兴刊本《白氏文集》、书棚本《甲乙集》、残蜀本《苏文忠公集》;为北京故宫博物院配全宋本《宝庆四明志》;为袁克文收得宋版《李长吉歌诗集》[3]等。朱氏经营书肆与一般的书贩单纯追求营利目的不同,具有自己的特色。

首先,出版旧书目录。鉴于古书无定价,书价常随购书者多寡而定的情况,朱氏乃仿效上海中国书店的做法,汇编了《抱经堂书目》,使读者在茫茫书籍中得以按图索骥;书店经营以诚信为本,一书一价,透明售书,颇受读者赞誉;他还编有一些残本书、缺卷本的书目,以方便购书者补苴罅漏。其次,翻印古籍善本。重视古籍刻本的版片收购,尤其是印本存世不多的原刻版,他先后印行于世的有《榆园丛书》(仁和许氏校刊)、《范氏三种》(清乾隆范氏原刊)、《唐文粹》等书,[4]有利于古籍珍稀版本的流布与传承。第三,招族人乡党为学徒以扩充业务。朱氏经营书肆有成后,便在家乡吸收了许多远亲近邻跟随他从事这一行,四面出击,长袖善舞,以至抱经堂收购图书具有宋、元、明、清善本、抄本、稿本竟达100万卷之多,可谓在民国杭州旧书业中独占鳌头。以后他的学徒中也有不少自营书店的,所以说他是杭州书肆业的"龙头老大",并非过誉之词。

2. 关于《抱经堂藏书图》

朱氏经营古旧书业致富后,因不必再为生计考虑,便在杭州郭东园巷私宅中,辟室收藏比较珍贵的图书,开始了由"贩书者"向藏书家身份的转移。据其学徒回忆,仅就朱氏收藏的孤本、善本而言,就不下数百种。时人视他与《贩书偶记》的作者孙殿起为书肆业"南北两翘楚",称为"南朱北孙"。孙殿起所著《贩书偶记》,有"《四库全书》续编"之美誉,赢得了生前生后名;朱遂翔虽然在旧书经营规模上,远超过孙氏,但在学术成就上则逊于孙氏。随着时间的推移,孙氏著作的利用价值越来越凸显出来,已超越了一般书贾的特性而迈入了学术殿堂。朱氏曾著有《遂翔所见书目》,但终感难以超越,故未付梓。据此,他转而借名人之口、学者之手,来为自己的一生事业做一总结与论定,是为《抱经堂藏书图》之缘起。

《抱经堂藏书图》分上、下两卷轴:上卷为著名学者余绍宋于1936年题字并绘藏书图（长90cm、宽25cm）；下卷为叶为铭篆书题"抱经堂藏书第二图"，张鲁庵手绘藏书图（长35cm、宽25cm）。余氏所画《藏书图》万签插架，室外古木葱茏，笔法清新，极具文人墨意；张氏所绘《藏书图》亦牙签万轴，隐于青山环翠之中，笔墨苍润，意境雅致。两卷画后有海内藏书家或知名人士马一浮、傅增湘、顾颉刚、叶景葵、王绶珊、孙俶仁、高野侯、陈去病、高吹万、徐行恭、刘体智、余铁珊等20余人题跋。由于篇幅所限，现择其要者介绍：

余绍宋（1883—1949），字越园，号寒柯，浙江龙游人。为近代著名方志学家、藏书家、书画名家、鉴赏家，曾任民国司法次长，浙江方志馆馆长等。余绍宋与张鲁庵因藏书而与朱遂翔结识，受朱氏所请，为其手绘《藏书图》并在图后题三绝句：

执业能通今古情，校雠簿录亦俱精。粥书始得藏书乐，宛委琳琅拥百城。

二陈旧业在泉唐，文物凋残剧可伤。写罢新图增感喟，与君闲话睦亲坊。

藉甚吾乡童子鸣，补钞一集慰余情。三衢倘获丛书刻，犹翼他山助厥成。

绝句二，记南宋临安书贾陈起、陈思，书肆皆在睦亲坊，即今之弼教坊。所著《江湖诗集》、《宝刻业编》、《书苑善录》等书，俱传世。绝句之下另有注文，不一一列举。

张鲁庵，字炎夫，号幼蕉，浙江慈溪人。西泠印社社员。精篆刻，又以善制印泥名闻遐迩，癖嗜历代名家印谱，广积博收，蓄有四百余家，可谓集印谱之大成。其藏书最珍贵部分，有传世不多之明版善本。鲁庵先生逝世于1962年，终年61岁，所藏悉数捐献给西泠印社。

"九峰旧庐"主人王绶珊,名体仁,清末秀才,为著名盐商。他与朱遂翔的渊源最深。王氏"九峰旧庐"藏书全赖朱遂翔为之收得;朱氏的发家则依靠王绶珊的生意委托获利而至。王绶珊收购旧书,自民国16年(1927)至民国26年(1937)的十年期间,共用去购书款50万元左右,其中遂翔抱经堂出售以及代为介绍的古书就达30万元之钜,遂翔所获利润达10万以上。据朱遂翔的学生王松泉叙述,朱遂翔曾介绍王绶珊先后购进大藏书家常熟瞿氏铁琴铜剑楼宋版书8种、苏州邓邦述所藏宋版书24种、北京双鉴楼傅沅叔宋元善本书15种等。王绶珊"九峰旧庐"除了庋藏宋、元、明椠本以外,所收藏全国各省、府、州、县的地方志书多达3 000余种,其中不乏孤本,甚或可以与当时的北京图书馆所藏方志相匹敌。王绶珊在《抱经堂藏书图》题跋中,回顾了与朱遂翔过从的经历以及对朱遂翔"不染世俗掠贩家之陋"的赞识。跋云:"吾浙旧富藏书家,若孙氏寿松堂、吴氏瓶花斋、范氏天一阁、汪氏振绮堂、鲍氏知不足斋、丁氏八千卷楼:皆卓著于世。遂翔仁兄夙擅版本目录之学,张书肆于杭城,缔交于余,垂十有余年,其于书籍与余若有同嗜焉。余晚年沉溺二酋,尝访求宋、元、明椠及精抄本暨全国省、府、州、县志,藏诸九峰旧庐,赖其臂助,搜罗益广,历时即久。遂翔亦所见益多,家亦渐饶足,因自蓄书。兹出其《抱经堂藏书图》乞题。夫遂翔家非素封,竟克专心典籍,精于鉴别,用是扩充其业,兼恢堂构,并以搜求善本为务,不染世俗掠贩家之陋,其志固可嘉,其心亦良苦矣!"跋后又分列"记实"、"感时"、"记实"、"结交"四绝句,略。

与朱遂翔往来密切的人士中，张元济、叶景葵、荣宗铨（即荣德生）三人是值得注意的。他们都是实业家：张元济是商务印书馆董事长；叶景葵是浙江兴业银行董事长；荣宗铨是申新纺织公司董事长，有"棉纱大王"和"面粉大王"之称，是国家副主席荣毅仁的父亲。他们三人信奉"实业救国"，也相信文化对人的改造力量；他们都以藏书宏富著称，也都以推动公共图书事业知名。张元济与叶景葵在1939年捐资、捐书兴办了上海合众图书馆；在此前，张元济还兴办过东方图书馆。至于荣宗铨则早在1915年创办了无锡大公图书馆，强调该馆的目的有四个方面：一是培养人才，二是服务乡里，三是发展社会教育，四是保存中国传统文化。他们的藏书活动和图书馆事业都受到过朱遂翔的帮助，因此他们三人都慨然为《抱经堂藏书图》题跋、赋诗。

张元济题诗云："廿年心血成铢寸，一霎书林换劫灰。翘首郭东园外路，羡君先拥百城回。中原文物凋残甚，欲馈贫粮倍苦辛。愿祝化身千万亿，有书分遍读书人。（跋略）"叶景葵题跋云："余往来里门，于上下车站时，必至抱经堂，与慎初晤谈，示以未见书甚多。鼹鼠饮河，所收有限。慎初勤能和易，精力过人；售书者乐与之商，求书者亦踵相接。粤人莫氏收慎初邮寄之书，凡库中所无，概不拒绝。吾乡王氏搜罗方志，名闻海宇，大半经慎初手。其为人信任如此。近来薄有田产，感斯业之不易竞争，其意似已鄙夷鬻书，而倾向藏书，诚为空谷足音，闻之可喜。夫鬻书与藏书，皆有功于书者也。吾以为鬻之功，或高于藏山岩；环璧之珍本，苟无人辗转贩卖，焉能为世人所共赏？故蠲叟箴慎初勿徇藏之虚名，而失鬻之实利。实利云者，自利而兼利人之谓也。余望慎初鬻与藏并进，待羽毛丰满，则为利人之藏书，勿为自利之藏书。古今藏书家，或供怡悦，或勤纂述，或贻孙子，终不免有自利之见存。若为利人之藏书，则整理研究传钞刊印事之；与自利相友，其功更溥，其传更久。此即先哲所云-'独乐不如众乐'，慎初其有意乎？"荣宗铨题诗云："多少图书付劫尘，抱残守阙又何人？尤难隐市勤搜采，要共湖山万古春。家园已爽看梅约，休问藏书似昔无（下注"余创大公图书馆藏书十八万卷"）。自有名山传绝业，为留鸿爪一披图。"

以上所题诗咏与跋文中，他们都感慨地谈到了藏书与图书馆事业筚路蓝缕之艰辛，希望朱遂翔藏书能"为利人之藏书，勿为自利之藏书"。体现了感人的道德风范，亦表达了对未来中国图书事业薪火相传的冀望。

著名历史学家顾颉刚与著名版本目录学家傅增湘都是通过南下访书与朱遂翔相识、相知的。他们之间往来密切，朱氏求跋，他们自然是不会推辞的。1936年，正值抗战烽火前夜，顾颉刚有感于"烽烟间作，向之环北海子而立之文化机关，悉已挟书他走；每过景山琼岛之间，辄为感怆不止。噫！积集五百年之文物，乃及吾之身而散去乎？"所作跋文，似与朱遂翔有惺惺相惜之意，亦为图书事业添一佳话。（傅增湘题跋略）

3. 结束语

抱经堂书肆在新中国成立前即已歇业，朱遂翔仅以藏书家的身份颐养天年，他也很想再为社会做点事，总因难以融入新社会而倍感苦恼、寂寞。朱遂翔于1967年去世后，其《抱经堂藏书图》曾一度流落在外，近年其子女通过法律途径予以追回，幸甚！

亦使笔者得以一饱眼福。考虑到书肆研究已成为文化史研究的一部分,而《抱经堂藏书图》则反映了特殊年代的书肆业历史,昔人已去,斯物尚存,故撰文介绍,以供研究者参考。

参考文献

[1] 褚树青.民国杭州旧书业[J].杭州研究,1995(4):73—79.
[2] 褚树青.杭州民国时期旧书店创行简史[J].浙江方志,1996(1):29—31.
[3] 王松泉.抱经堂书店与朱遂翔[G]//杭州文史丛编:第五卷.2002:192—199.
[4] 朱友伦,秦坦.民国时期杭州的图书业[G]//杭州文史丛编:第五卷.2002:209—219.

西湖文献概述*

杭州之有名,泰半缘于西湖。西湖之晴好雨奇、水秀山明的宜人风光,名闻中外。古往今来,多少人为之魂牵梦萦,心驰神往;多少文人雅士,或触景生情,华章叠出;或以清新之笔,记述传闻,考订掌故,列其风俗,叙湖山之胜。可谓朝朝有佳咏,代代有名篇。其积也厚,播亦广,传亦长,流风所及,自成佳话。

地方性的桑梓文献,一般包含地方史料、地方人士著述、地方出版物三部分。西湖文献虽具有专指性,但与广义的地方文献相较,其质相同,其性相似。因此,它是杭州地方文献的一个重要分支,是最具特色、最具文采、最引人入胜的部分。

有关西湖的文献记载,最早见诸《史记·秦始皇本纪》,此西湖文献之滥觞。尔后,有关西湖的记述就代不绝书了。北宋大中祥符三年(1010年)李宗谔纂修的《杭州图经》是最早有关西湖的地方志,但因久佚,故南宋时的所谓临安三志,即修于乾道五年的《乾道临安志》、修于淳祐十二年的《淳祐临安志》、修于咸淳四年的《咸淳临安志》就成为最早反映西湖的方志文献。由于宋高宗定都杭州,使原来的"东南形胜,三吴都会",一跃成

---

* 原文刊于孙跃、宋涛主编《西湖文化》,西泠印社出版社 2005 年版。

为全国政治、经济、文化中心，人文建设得到空前发展，专门叙述西湖历史、景观和文化的杂记、笔记及话本也应运而生。

南宋时，西湖文献数量多、内容新、易保存的一个基本要素，是雕版印刷技术的成熟。刻书的风气，吴越宿盛。早在中唐时期，元稹为白居易《白氏长庆集》一书作序曰："扬、越间多作书模勒乐天及予杂诗，卖于书肆中也。"据此，著名学者王国维先生认为："夫刻石亦可云摹勒，而作书鬻卖，自非雕版不可，则唐中叶吾浙已有刻板矣。"与王国维同时代的著名版本目录学家叶德辉也肯定这一观点，倘如此，《白氏长庆集》中收录的白居易创作之有关西湖的诗作，亦就成为最早以书本形式出现的有西湖内容的诗歌文献。五代吴越王钱镠及之后三世五王都笃信佛教，印行了许多经文、佛图等。杭州西湖雷峰塔砖孔中发现的《一切如来心秘（密）全身舍利宝箧印陀罗尼经》，就是吴越国雕版刻印的精品。有专家认为，整个吴越国时期镂版印刷技术的发展，直接为两宋时期的杭州作为全国出版事业的中心，奠定了基础。而雷峰塔经卷也就成为实物传世最早的西湖佛教文献。宋代叶梦得在《石林燕语》中称："今天下印书，以杭州为上，蜀次之，福建最下。京师比岁印板，殆不减杭州，而纸不佳蜀与福建，多以柔木刻之，取其易成而速售，故不能工。"因此，两宋印书杭刻本颇为著名，史称"浙刻"本。曾于北宋熙宁、元祐间两度守杭的苏东坡，因其疏浚西湖，筑建苏堤，抚恤百姓，有德于民，所以甚得杭州人爱戴。在其离任后，杭州有"东坡六集"刊行，这也算是西湖文献的一段美谈。元、明、清杭州刻书流风不没，踵武犹多。明田汝成撰《西湖游览志》及《志余》，是明代以前，记述西湖名胜古迹、文献掌故最富最善的著作。清钱塘丁丙辑《武林掌故丛编》498卷，208册，分为26集，共收入自宋迄清官修私著凡187种。包括疆域形势、名人言行、风俗沿习、物产流通、儒林文苑、僧寺道院等，无不备录。可谓集杭州地方文献掌故之大观。民国时期陈训慈先生在一篇文章中评价此书说道："虽识者讥其滥收山水寺志，疏于鉴别，而衡其卷帙之繁富，实足陵驾诸书；至其体例之以地为纲，不以郡人著述为限，复足於前举各书之外，别树一帜，而并有保存地方文献之效也。"陈训慈先生的这一评价，应该是十分公允的。我们现在所能看到的许多西湖文献，大多出自于《丛编》。

丁丙，字松生，晚号松存，钱塘（今浙江杭州）人，他是一位值得杭州人永远追念的乡梓前辈，与他同时代的人视他为文化英雄。他不仅博学工文，多所通晓，尤长干济之才。他服务乡里，振济流民，兴办公益，表彰先哲，事无不举，举无不成。性耽藏书，插架琳琅，其藏书楼名曰八千卷楼，与海源阁、皕宋楼及铁琴铜剑楼并列为晚清四大藏书楼。太平军入杭期间，西湖文澜阁所藏之《四库全书》书散阁圮，他与其兄丁申冒险救护，拾遗补缺，《四库全书》始得幸存，后又主持文澜阁重建，还致力于刊刻杭州乡邦文献，刻书逾二百种。

2004年，王国平主编的《西湖文献集成》一书，其架构颇有超越前人之势。盖杭州为江浙大郡，文教旧邦，先哲文献多不胜数，有关西湖的内容，有人形容为"缥缃盈屋"，亦实非虚言。因此，本文仅择其荦荦大者，分条析类，作一要述。

1. 历代正史及全国地理总志有关西湖之属

在历代官方史书中，有关杭州西湖的记述，悉数备载。《史记·秦始皇本纪》记载了秦始皇三十七年（前210年），秦始皇出巡全国，赴会稽郡山阴县（今绍兴）的会稽山祭奠大禹陵时，途经钱唐县的情形。此条目虽不足百字，但对杭州的意义极大。这不仅是史书中有关西湖的最早记载，而且也是了解杭州城市历史和地理概貌的重要史料。虽说当时钱唐县不过是秦始皇巡游全国过程中，偶尔路过的一个山中小县，但却给杭州留下了极深的履痕。杭州人后来将传说中秦始皇登高瞭望，见"水波恶"的地方，称为秦望山（今西湖南线的将台山）；系船缆的临水大悬岩，称为"缆船石"。宋时，僧人思净将其凿成佛像，人称大石佛像。后佛教徒"饰以黄金，构殿覆之"，称为大石佛院，现遗址尚存。

东汉班固所撰《汉书》，是我国第一部纪传体断代史书，所创"地理志"、"艺文志"等诸志皆为后来史书所沿用。有关西湖的内容，《汉书·地理志》："武林山，武林水所出，东入海，行八百三十里。"《辞海》对"武林山"的解释是"古山名，即今浙江杭州市西灵隐、天竺诸山"。"武林水"，"则无从确指何水"。清倪璠《神州古史考》认为武林水即灵隐溪，应该是对的。杭州旧时别称"武林"，我想应源出于此吧！

唐宋时期编撰的主要全国地理总志中，至今仍较有影响的是唐李吉甫《元和郡县志》、北宋王存《元丰九域志》、北宋乐史《太平寰宇记》、北宋欧阳忞《舆地广记》、北宋王象之《舆地纪胜》和南宋祝穆《方舆胜览》。这六部地理总志，对杭州及西湖均有着墨，但彼此体裁并不一致，文字的内容叙述有异同，角度有区别。前三部总志都是供统治者御览的官修地理书，修书的宗旨很明确。李吉甫《元和郡县志》序云："以为成当今之务，树将来之势,则莫若版图地理之为切也。"所以主旨在于"辨州域之疆理",使帝王"不下堂而知五土,不出户而睹万邦",明了"壤地之有离合,户版之有耗登,名号之有升降"。后三部则为私人撰写,带有明显的个人风格。《舆地广记》着眼于历史沿革,而对四至、道里、户口、风俗、土产等概不载述,在地理志中别具一格。《方舆胜览》对于名胜古迹一门,详尽载录古今诗赋,记序并附以俪语,以表风物之胜,在南宋地理著作中,颇具特色。《舆地纪胜》收拾山川之精华,每郡一篇。首二卷,都为有关杭州者,卷一为"行在",所记为宫殿、宗庙、官府、学校等;卷二为"临安府",多记钱塘、仁和二县之风俗、形胜、景物、古迹、人物、碑记等。以上六部总志与清顾祖禹《读史方舆纪要》,同为了解西湖历史的重要地理专著。

2. 历代西湖山水志、杂志之属

西湖,在宋、元以前未有专志,有关西湖的事迹,多散见于各朝各代的史料与方志中。如分别由明嘉靖四十年(1561年)浙江巡抚胡宗宪修成,清康熙二十年(1683年)浙江巡抚赵士麟等纂成,清雍正十三年(1735年)浙江总督李卫续修的《浙江通志》,就对西湖有着十分详尽的记述。历代杭州府志,也都辟有专章。但西湖之有专志,实始于明嘉靖间田汝成所撰《西湖游览志》及《西湖游览志余》。田汝成(1503—1557年),字叔禾,钱塘人(今杭州人),明嘉靖五年(1526年)进士,历任南京刑部、礼部主事,广东、贵州签事,广西布政司右参议,终官福建提学副使。史称他"工古文,尤善叙述",学识渊博,著述良多。退职寓居杭州，盘桓于西湖山水之间，撰成《西湖游览志》二十四卷及《志余》二十六卷。《四库全书总目提要》评述此书道"虽以游览为名，多记湖山之胜，实则关于宋史者为多……因名胜而附以事迹，鸿纤巨细，一一兼核，非惟可扩见闻，并可以考文献，其体在地志杂史之间。与明人游记徒咏登临，流连光景者不侔。"该志主要记录西湖山水胜迹，对每一名胜古迹详载其兴废沿革，并广为收集历代文人骚客歌咏西湖之作，尤以人物之故事最为详核。《志余》为摭拾南宋轶闻，分门胪载，加以整理而成。它与《游览志》最大不同在于，将以前记载山川地理为主转移为记载掌故轶闻为中心。这两部专志保存了许多正史所不载的资料，特别是一些故事，可以弥补正史的阙如。

明、清之际杭州宿儒吴农祥专就西湖水利撰写了《西湖水利考》及《续考》。这是第一部有关西湖治水的专著，它介绍了历史上治湖的经验，提出了个人的观点，对后世有一定的借鉴。清雍正十三年（1735年）李卫又主持编修了《西湖志》48卷。此志仿通志之例，分门记载，列目20，征引甚博。其后虽有清乾隆年间的《西湖志纂》、民国十年的《西湖新志》等专著之编撰，但都因限于篇什，收录欠富，内容简略，记述难周，不如《西湖志》之详备。仅《湖山便览》因作者翟灏系饱学之士，故所撰"较诸旧志文省事增，所叙详古略今，凡唐、宋故迹虽小必登"，颇多前人未涉笔者，但仍不如《西湖志》全面。李卫为江苏铜山人，初任户部郎，后转任云南盐驿道、云南布政使等职，雍正四年（1726年）由浙江巡抚升任浙江总督。在浙主政八年，颇有政声，也曾修浚西湖，对浙省经济、社会、文化贡献尤多。近年来，因电视剧的渲染，成一时热点人物。其实，历史上的李卫确实是"不甚识字，而遇文人甚敬。负气好胜，遇权要人，务出其上"的人。他于雍正九年复奏准主持修《西湖志》，延请傅王露、厉鹗、杭世骏等名士为之编撰，终为西湖留下了一部考证兴废胜衰之迹的著作。其一生行谊，似乎验证了人的品德、学识比识字更为重要。1995年，在李卫编纂《西湖志》265年后，杭州园文局编撰出版了新《西湖志》。新志以李志为基础，并基本沿用其体例，分卷亦大体吻合，只对部分标目稍作更改。如《水利卷》改为《西湖卷》，《名贤卷》改为《人物卷》，《祠宇卷》改为《馆祠卷》，新增《盛事》、《交通》、《法规》等卷。新志致力于反映西湖新貌，力求一书在手，可窥西湖全史。

地理类杂志著作，四部分类法的类目解析为凡记地理中一类或几类内容及杂记地理情况的书，如谈土特产的，专记某个地方风景的，专记某个地区遗文轶事及古迹的，专记当时都城情况、风俗及典礼仪卫的。

这类著作在西湖文献中，所占尤多，且此类文献往往为作者亲历、亲见、亲闻，较为真实可信。南宋后期是杂志撰写的一个高峰，《都城纪胜》、《西湖老人繁胜录》、《清波杂志》、《清波别志》、《梦粱录》、《武林旧事》等，都是影响深远的，是研究南宋历史的重要文献史料。《梦粱录》为吴自牧回忆都城临安往事之作。自牧生卒不详，大约南宋末前后在世。全书20卷，取"黄粱梦"典故为书名。前6卷以岁时为序，记述杭城风俗，后14卷记杭城都城建制、西湖风光、市肆百工、学校人物等。其中如湖船、观潮、祠祭的描述，真实地反映了南宋时杭州的民风民俗。与他同时代的著名学者周密，其先祖扈驾南渡，寄寓吴兴铁佛寺及天圣佛刹，周密遂为吴兴人。宋末，隐居钱塘门南癸辛街旧杨和王府西侧，他"忧患飘零、追想昔游"，闭门著述，凡20年，所撰《武林旧事》，对西湖名胜古迹、节景盛事、风俗文艺，恰实备载。两书详略互见，互为补充，可比照稽考遗闻。《清波杂志》和《别志》所叙内容皆为宋人什事，因作者周辉寓居杭州清波门，即以此命名。《都城纪胜》、《西湖老人繁胜录》两书均不著名氏，一署耐得翁，一具西湖老人。现存最早的版本，为《永乐大典》本。有学者研考书中所言，认为应是南宋时人之作。所记杭州琐事，对市井风俗叙述颇详，是时统治者已无志于中原，故朝廷上下笙歌燕舞，一派和平。可能作者既感慨社会繁盛、浮夸，又觉苟安可愧，"故讳而自匿"，不署真名。元代刘一清所撰《钱塘遗事》和郭畀著的《客杭日记》，是目前仅能掌握的两部元朝作品。其中《钱塘遗事》大抵杂采宋人说部而成，主要反映南宋一代之史实。高、孝、光、宁四朝，所载颇略。理宗、度宗以后，所叙较详。多有正史所不备者。可作为参证南宋末年历史的重要资料。1999年，杭州《西湖文献》丛书编委会，曾据清扫叶山房刊本，影印了节选本。

明朝杂志类著作十分丰富，也深受后人重视。像高濂所著的《四时幽赏录》，别具一格，此书就西湖景色，按春、夏、秋、冬季节特点分类，每季十二景，辑成此书。郁达夫先生曾在一篇评价杭州人的文章中介绍此书说道"是把杭州人在四季中所应做的闲事，详细列叙了出来"。他为了让大家晓得南宋吴自牧《梦粱录》"临安风俗，四时奢侈，赏观殆无日虚"的话是不错的，故意在文章中把四时幽赏的简目予以罗列：

（1）春时幽赏：孤山月下看梅花，八卦田看菜花，虎跑泉试新茶，两溪楼啖煨笋，保俶塔看晓山，苏堤看桃花等。

（2）夏时幽赏：苏堤看新绿，三生石谈月，飞来洞避暑，湖心亭采莼等。

（3）秋时幽赏：满家乡赏桂，胜果寺望月，水乐洞雨后听泉，六和塔夜玩风潮等。

（4）冬时幽赏：三茅山顶望江天雪霁，西溪道中玩雪，雪后镇海楼观晚炊，除夕登吴山看松盆等。

郁达夫先生的本意，在于批评杭州人不尚节俭，太过玩耍的生活态度；但物换时移，大抵现代社会，正欲大力发展休闲经济，开发旅游项目。高濂此书，或可有助于此，因而有待丁识者。《西湖十记》是明代江苏吴江人史鉴所著，作者于明成化七年（1471年）二月偕著名画家沈周游览杭州，日策杖于湖山间，探幽选胜，意兴不衰。记叙西湖风景、民间掌故，文笔清丽。书分十记，分别为：①临平山；②宝石山；③参寥泉、鄂王墓、飞来峰；④韬光庵、三天竺寺；⑤凤凰岭、灵石山、烟霞洞；⑥石屋洞、虎跑泉、玉岭山、六通寺；⑦南屏山、紫云洞；⑧西湖；⑨银瓶寺、紫阳庵、三茅观；⑩凤凰山、胜果寺、浙江潮；后附录诗文序跋，是了解明代西湖的佐证。此外，夏时的《钱塘湖山胜概记》、季婴的《西湖手镜》、高攀龙的《武林游记》、黎遂球的《西湖杂记》、李鼎的《西湖小史》、汪砢玉的《西子湖拾翠余谈》、俞思冲的《西湖志类钞》等，都为后人所推崇。

清以降，直至民国，两湖杂志类文献之多，令人目不暇接。出版形式多样，有木刻本、活字本，以及附有照片的铅字本。内容清新。各种名胜介绍、游览指南出版亦很多。这些都大大地扩大了西湖的影响。如黄炎培等编著的《西湖中国名胜》、沈雨苍等编著的《西湖胜迹全集》、商务印书馆编著的《西湖游览指南》等。此外，清朝前期张仁美的《西湖纪游》、查人英的《西湖游记》、陈时的《湖上青山集》也颇受研究西湖者重视。尤其是著名的《清波小志》，专记南起万松岭，北至涌金门，西及南屏山一带佛院神祠、街坊琐事。作者徐逢吉居清波门外学士巷72年，故所叙娓娓道来，读之宛与故人谈，沧桑扑面。著名学者厉鹗读书之余，结习闲情，专就湖上画船写就《湖船录》，凡80余条，虽为偏隅小记，然足以补西湖史志不足，亦为画船著青翰。

3. 历代西湖庙祠、寺观、书院之属

在中国历史上庙与祠、寺与庵、宫与观是有区别的。帝王家祭祀祖先或民间祀奉神的建筑称为庙，士大夫祭祀祖先或先贤的建筑称为祠堂；僧众供佛的处所，男信徒居住的称为寺，女信徒居住的称为庵，道士祀神的处所民间的称为观，朝廷建置的称为宫。因此，庙与祠、宫与观是等级的区别，寺与庵是性别的区别。

杭州历史上的庙，最有名的不是南宋宗室的太庙，而是岳庙。精忠岳飞形象和精神深入杭州人的骨髓，极受敬爱。岳飞被平反后，宁宗朝时被追封为鄂王，并建立忠烈庙，所以岳庙又被称为岳王庙。清光绪五年，冯培编撰并由浙江书局刻印了《岳庙志略》，在这之前，明万历浙江巡抚高举、提学郑继芳曾同纂《忠烈庙志》八卷（至清仅存三卷）。冯《庙志》即根据上志续写。此志分十卷。卷一祠墓，卷二为敕诰，卷三辑祠庙，卷四卷五卷六都记行实，卷七卷八为宋元以来名家诗词及庙中石刻，卷九为杂记，卷十轶事。这是有关岳庙最完备的记录。

吴山本名胥山，《史记》作胥母山，以伍子胥立庙于此得名。宋以后通称吴山。 吴山之上分别建有伍公庙、城隍庙、汪王庙，三庙都编有庙志。《吴山伍公庙志》为清人金志章所编著，伍公即伍子胥，《史记》载："神吴行人伍员，以忠谏死，吴人立祠祀之"，"历汉魏六朝，庙貌不改"。 宋大中祥符五年，进封英烈王，并赐忠清庙额。 该志对伍公庙的历史沿革叙述详尽，可备志乘之缺。《吴山城隍庙志》是清朱朗齐等根据清康熙甲申（1764年）钱塘顾鸣廷所撰庙志增修，于清光绪四年（1878年）刻成。此前，明代道士钱斯馨曾写有庙志，但未传。 城隍庙在吴山之巅，肇於宋嘉熙二年，明永乐中，封浙江故按察使周新为城隍之神。 周新生前公正无私，为民伸冤，以此得罪权贵遇害。 杭州人民感其忠清，四时祀奉，故吴山又称为城隍山。 此志分盛典，图说公牍，祀典建置，事绩灵应，祷祠祠宇，主持、侨寓、碑记、艺文、古绩、什志等八个项目记之。《吴山汪王庙志略》清汪文炳辑，光绪三十一年（1905年）刻本，庙在吴山大观台之麓，系祀隋末吴王汪华。 汪华，字国辅，歙县登源汪村人（今属绩溪县）。 隋末天下大乱，汪起兵后拥有宣州、杭州、睦州、婺州和饶州，号称吴王。 唐武德四年（621年），汪华上表归顺唐朝。唐高祖嘉其顺朝流和保六州的功绩，授予方牧，持节总管六州军事，兼任歙州刺史，封上柱国越国公。 贞观二十二年（649年）卒于长安，后人在吴山建祠纪念。 初时仅为一名宦祠，后来随着历代统治者给汪华封号升级称王，名宦祠也逐渐演化为神庙。 民国二十五年（1936年）戴振声、汪濂曾撰续编。

西湖周遭祠堂颇多，有白、苏二公祠、于谦祠、张苍水祠等，都为杭人所熟悉。 但六一泉旁的西湖三祠和西溪的两浙词人祠却很不为人所知。《两浙词人姓氏录》和《西湖三祠名贤考略》即是反映这二处祠堂的重要文献。前书无编辑人姓名，民国初刻本，全名为《杭州西溪祀奉历代两浙词人姓氏录》，奉祀两浙训人包括道、释、闺秀，祠在西溪。后者为清光绪三十年戴启文纂写。三祠即正气、先觉、遗爱，分别对应祀奉昭忠232人、乡贤178人、名宦67人。所祀诸贤起自汉迄于清光绪，以浙人居多。

杭州素称东南佛国，鼎盛时号称四百八十寺。传世的佛教专志深为学者所重，宋元敬、元复撰《武林西湖高僧事略》，明吴子鲸辑《武林梵志》，清倪璠撰《武林伽蓝志》，民国徐映璞撰《杭州山水寺院名胜志》，都是了解西湖佛教历史的案头常备。《武林灵隐寺志》清孙治初辑，徐增撰，是记叙宝刹的重要文献。因旧志已佚，作者于康熙二年（1663年）修此书。凡八卷，前有山图，卷一为开山、重兴、山水，卷二为梵宇、古塔、古迹，卷三为禅祖，卷四为法语，卷五为檀越、人物，卷六、卷七为艺文，卷八为诗、遗事、杂记。《敕建净慈寺志》清释际祥撰，寺在西湖南屏山慧日峰下，前矗雷峰，后拥南屏，创自周显德元年（954年）。吴越忠懿王时号曰"慧日永明院"，宋太宗赏赐额"寿宁禅院"，高宗绍兴十九年（1149年）改今额。后屡毁屡建。至明天启时，主持僧大壑始创修寺志。阅20年，成书10卷，形胜建置，粗具条理。至清乾隆初，万峰僧有辑续志，篇幅不多。至嘉庆乙丑年（1805年），主持僧际祥重修是志，始称完备。书凡28卷，分列12门。《西溪秋雪庵志》民国周庆云辑，梦坡室刻本。西溪在灵隐山西北，自松木场水口，沿山十八里，梅香竹翠，曲水潆洄，芦花掩映，白如积雪。溪最深处，有秋雪庵，初建于宋淳熙时，原名大圣庵，后改为资孝院，明崇祯七年改题

"秋雪庵"。此志并记西溪形胜。

西湖边的道院不少，但传世的文献不多。《武林玄妙观志》由清仰蘅辑，书辑成于嘉庆末年。元妙观在吴山南麓，唐天宝二年（743年）创建，原名紫极宫，元元贞元年，始易此名。现今不存。

书院是文化人教书、读书、著书、刻书、藏书的场所。书院之名始于唐代。开元六年（718年）设丽正修书院，十三年改集贤殿书院，置学士，掌校刊经籍，征集遗书，辨明典章，以备顾问应对。宋元以后，逐渐成为儒家经习之所。杭州书院虽兴于元代，如西湖书院、南山书院、南屏书院，但直至明末才逐渐具有规模。万松书院（敷文书院）是当时杭州规模最大，历时最久，影响最广的书院。著名的梁山伯与祝英台的传说故事，也与其相牵。清代著名的书院除敷文书院、崇文书院，还有紫阳书院、诂经精舍。这四大书院分置西湖南北，是构成西湖文化的重要元素。目前保存在国家图书馆内的《西湖书院重整书目》，就是了解元代西湖书院图书出版情况的重要史料。而《诂经精舍初稿》、《紫阳书院志》、《杭州三书院纪略》、《敷文书院志略》等文献，都是研究书院发展史不可或缺的珍贵文献。

4. 历代西湖笔记、小说、话本之属

笔记也称笔谈、随笔，是古代散文中一种不拘体例、相当自由的文体。它可以记述传闻、考订掌故，也可以描写景物、抒发感情、发表议论，不受格式的拘束，兴之所至，笔也随之。千百年来，前贤们在游览湖山胜景之余，写下了许多动人的笔记散

文，有的散见于各种志书史传之中，如《吴越春秋》、《梦溪笔谈》、《水经注》等书；有的汇集成专集，如《四朝闻见录》、《西湖梦寻》等。宋代科学家沈括（1035—1095年）撰写的《梦溪笔谈》内容涉及天文、地理、医学、文学等各个方面，是我国古代，特别是北宋时期科学技术的总结。在这篇巨著的技艺章中，他专文介绍了西湖梵天寺木塔的建造经过，及毕昇在杭州发明活字印刷术等。全书文笔简练，内容丰富，虽百多年来，仍不掩其学术光辉。南宋学者叶绍翁的《四朝闻见录》记述高宗、孝宗、光宗、宁宗四朝轶事，于一些历史事件持有独特的见解，历来颇受史家重视。明代著名文学家张岱，晚年追忆西湖之盛，以寄遗老故国哀思，撰就《西湖梦寻》72则。此书以北路、西路、南路、中路、外景、五门分记西湖之胜，每景首为小序，次杂采古今诗文，几乎每则记事之后都附有作者诗作，诗风清丽，情感真挚。其《陶庵梦忆》，有多篇记述西湖的随笔，《西湖香市》《湖心亭看雪》、《不系园》等，文字清奇，短隽有味。学者施蛰存在其重读《"二梦"》的文章中写道："我初读此'梦'，乃如大梦初醒，才知天地间还有此等文章，非但《经史百家杂抄》一时成为尘秽，就是东坡、放翁的题跋文字，向来以为妙文者，皆黯然减色。"张岱的笔记散文不仅是描写西湖的美文，而且也是我国文学史上的名作。再者，明郎瑛《七修类稿》、清厉鹗《东城杂记》、清俞樾《春在堂随笔》以及现代阮毅成的《三句不离本杭》、曹聚仁《湖上杂忆》、陈从周的《梓室余墨》也都是西湖笔记名篇。

现存最早以西湖为题材的话本是《京本通俗小说》中的《碾玉观音》，稍后出版的《清平山堂话本》，也有七篇故事以杭州为背景。如《西湖三塔记》以传奇的手法，描写了临安少年奚宣赞勇斗三怪的故事。所谓话本就是宋元时说话人的底本，按照鲁迅先生的观点，话本可分为四种类型：小说（传奇故事）、说经（佛教故事）、讲史（历史故事）、合生（滑稽耍笑）。其中小说、讲史影响最大。一般小说取材于当时的社会生活，表达了市民的情趣与愿望，故深受欢迎。话本小说发展至明清，讲史类话本衍变成长篇章回小说，如《三国演义》、《水浒传》等。另一方面也出现了模拟宋元话本写作的"拟话本"，《三言》、《二拍》是其中的代表。书中以杭州为背景的故事有：《临安里钱婆留发迹》、《木绵庵郑虎成报冤》、《月明和尚度柳翠》、《白娘子永镇雷峰塔》、《田舍翁时时经理，牧童儿夜夜尊荣》等32篇。此外，以西湖为题材创作的通俗类小说集有《西湖佳话》。此书全名《西湖佳话古今遗迹》，作者生平事迹无可考，全书共收短篇16篇，成书约在康熙年间。作者以西湖为背景，以历史上曾经发生的事件、人物以及民间故事为主题，展开故事情节。文笔清简，故事动人，人物形象鲜明，具有浓郁的地域特色。《西湖二集》，明末周楫作，34卷，每卷一篇，都是与西湖有关的故事。多据前人传奇及有关传说改写而成。作者事迹不详，据其书序言所述，知其"才情浩瀚，博物洽闻"，读是书感其非虚言也。以西湖为背景的文艺创作，最著名的是白娘子与许仙的故事。该故事最早从唐朝开始，经元、明、清各个历史时期的艺人加工，逐渐成为脍炙人口的传世佳作，遂与牛郎织女、孟姜女、梁山伯与祝英台并称为我国四大民间故事。杭州西湖边的断桥、雷峰塔也因故事而成为经典的人文景观。鲁迅先生的《雷峰塔的倒掉》，更是赋于了景点与故事人物新的意义。千百年来，白娘子的故事涵盖小说、剧本、曲艺、说唱等各个艺术形式，据统计仅话本小说就有十多种，其艺术形象已跨越本民族的范畴，成为世界文学的一个经典。因此，它是西湖文化的一个重要内容。

明清时期杭州话本小说创作十分丰盛，限于文字，余不再叙。

5. 历代西湖文选、诗词及楹联之属

西湖诗文创作历史上不可胜数，卷帙浩繁，也缘于此。好事者往往不辞辛劳，取一鳞为纲，拾一爪为目，锱铢捃拾，编佚成册，印行千百，传播后世。其间有官刻本、家刻本、坊刻本、书院刻本，形式多样，体例各异。如汇辑杭州八家诗社——紫阳社、同心社、玉岑社、月岩社、南屏社、紫云社、洞霄社、飞来社的《西湖八社诗帖》（明祝时泰等辑），专收历代闺阁题咏西湖诗作的《西湖闺阁》（清陈文述编著），吸取民歌营养的《西湖竹枝词》。《西湖竹枝词》作者杨维桢寓居湖上七八年，有感于西湖风光，赋西湖竹枝词，一时和者竟有数百家。其山水之胜，人物之庶，风俗之富，时代之殊，一寓于此，各见其意。这是历史上第一部西湖竹枝词。

对西湖历史上的诗词集全面汇辑、刊刻，使故籍遗编，浏览有得，以益湖山人文之资的是《西湖诗词丛话》（清厉鹗辑）。该书所收西湖诗词，多出名家手笔，录存历代佳作千首以上。其中又以写景者居多，其次为咏梅、咏竹、咏雪、咏月、咏雨、咏茶及各种花卉与水果等。《西湖集览》，清丁丙光绪年间辑。此书汇刊自宋郭祥正《西湖百咏》起，至其族弟丁午所撰《湖船续

录》止，为历朝诗人、词人如明袁宏道（《西湖纪述》）、明李流芳（《西湖卧游图》）、明汪汝谦（《西湖韵事》）、清许承祖（《雪庄西湖渔唱》）等31家题咏西湖名胜古迹之作品集。上述二部西湖诗文总集刊刻以后，土人争睹，不胫而驰，以至风传一时。

新中国成立后，西湖诗词集的出版续而不断。或以主题；或以内容，集之成文，汇而成编，使其如和璧隋珠，精光四射。读之引人联想，遐思不断。

楹联也叫"楹帖"、"对联"、"对子"，是一种特殊的汉语文学表现形式，在表情达意方面有特殊的功能。以西湖为内容的楹联创作很多，不乏名篇佳作。清以来，有不少集西湖楹联的作品集问世，对传播西湖风景，增加杭州人文内涵有着积极的作用。杭州图书馆就收藏有：1921年杭州德记书局石印本《西湖楹联》、《新增绘图西湖楹联》、《绘图正续西湖楹联》、1945年出版的《西湖古今名胜楹联大观》、1948年新医书局编译所编《西湖楹联》等，想必国内其他图书馆定有不同版本的专集收藏。

诗可以讽、可以怨；文可以载、可以证。在文学史上，诗、词、文都是反映现实、抒情达意的重要形式。许多文学大师，既是诗人、词人，又是散文大家。白居易、苏东坡二位文学家就为西湖留下了许多动人的篇章，"杭州若无白与苏，风光一半减西湖"。他们既是文学创作的高手，又是治理西湖的良吏，白居易的《钱塘湖石记》，苏东坡的《申三省起请开湖六条状》、《钱塘六井记》都是他们治理西湖、德政杭州的记录。

与白、苏一样，许多历代前贤在治政之余，寄情山水，放达精神，创作了小少脍炙人口的美文。可以说是车载斗量，不可计数。2000年杭州地方志办公室发微探幽，勾陈稽古，编辑出《杭州历代文选》，自汉刘秀《与严子陵书》至袁鹰《烟雨富春江——兼吊郁曼陀、郁达夫两烈士》，上下二千年，涵盖了杜牧、罗隐、欧阳修、范仲淹、朱熹、陆游、龚自珍、李渔、鲁迅、丰子恺、徐志摩等古今文学大家的散文创作。每个单篇都可窥见出某个具体的人物或事件，将它们汇合起来，则勾勒出西湖（杭州城市）发展嬗变的轨迹，非常有价值。

6. 结语

桑梓文献，历来被人看重。因其举凡各类皆备，是了解一地之全史。西湖不以域小，而以景胜，千百年来，诗文不绝。"通古今而观之"，实乃杭州城市发展的信史，从更高层面阅读，当为我国东南城市发展，经济进步，文化昌盛的一个缩影。

杭州地区家谱调查叙要[*]

"家谱是同宗共祖的血亲集团记载本家族世系和事迹的历史图籍",是对中国社会历史问题、民俗问题、宗族问题、社会问题、经济问题、教育问题等进行研究的重要资料,是官方史书和地方志书的重要补充,具有不可替代的文献价值。

对家谱的研究,长期付之阙如。最近十几年,由于海外"寻根热"和国内"修谱热"的影响,家谱研究渐成显学。这也说明了炎黄子孙的民族认同、文化认同感强烈,以亲缘、地缘、神缘、业缘、物缘为内涵的"五缘"纽带牢固。

1. 本地区家谱概况

为系统地记录和反映全省公私收藏的家谱,浙江图书馆发起编纂《浙江家谱总目提要》。杭州地区各公共图书馆作了积极的配合,还利用媒体向市民发出了"你家有谱吗?"的社会调查。经汇总显示,全市(不含省级单位收藏)此次上报家谱共有315

---

[*] 原文刊于程小澜主编《家谱与中国文化:浙江家谱研讨会论文集》,浙江人民出版社 2005 年版。

种（公藏171种，私藏144种）。其中杭州市区仅43种（公藏33种，私藏10种）。据此分析，城区因旧城改造搬迁，历次运动毁损，人口流动大等因素，家谱藏量不会很多，哪怕有所漏报，潜力也不会很大。而郊县因腹地辽阔，今后可能还会有新的发现。

从现存家谱的内容看，本地区世家大族的家谱发现的不多，这是一个遗憾。从这些家谱刊刻的年代看，大部分家谱为清代、民国年间的版本，少量的明刻本均为徽州地区刊刻的徽刻本。徽州家谱数量大、善本多，几乎是全国现象。有关资料显示，在国家图书馆、上海图书馆、中国社会科学院历史研究所图书馆等单位所藏家谱中，徽刻善本都占了很大的比例。古代徽州宗法制度森严，认为"立族之本，端在修谱，族之有谱，犹国之有史。国无史不立，族无史不传"，因此，当时徽州地区对于修谱十分重视，许多宗族每隔一段时间即修一次族谱。再加上明清之际，又是徽商最为兴盛和活跃的时期，刻书业也是全国的中心。缘此，存世的徽州家谱不但数量大，而且善本多也就不足为奇了。这次上报的明版徽州家谱都是纸精字清、书本宽大的好本子，估计都是在杭徽商的失遗。

有学者研究认为：清代是私修谱牒的大发展时期，民国则是不绝如缕的续修时期。从目前存世的家谱有相当部分是这两个时代的情况看，这个观点是正确的。形成这种现象的客观原因，笔者认为：首先，清康乾盛世以后，清王朝走向衰落，以至社会危机加重，矛盾尖锐。统治阶级为了加强宗族权力，强化宗族制度，平息氏族内外矛盾，遂"修族谱以联疏远"，以求"本祖德，亲同姓，训子孙，睦故旧，报国恩"。其次，印刷技术的发展。

鸦片战争以后，西方印刷技术传入，中国的雕版印刷方式迅速被活字印刷或珂罗版印刷、石印机器印刷所取代，印刷成本的降低，成书时间的加快，为家谱的编纂提供了技术支持。

2. 本地区名人家谱示例

在本次著录的家谱中，有几种家谱是值得介绍的：

（1）［浙江临安］钱氏家乘（12卷），1925年铅印本。

以钱塘为郡望，以吴越图为帜志的临安钱氏，在历史发展的长河中人才蔚起，英贤辈出，簪缨累世不绝，是华夏诸多家族种姓中根深叶茂、源远流长的巨族大姓。钱氏自远古少典发祥，九传至彭城伯钱铿。钱铿生泉府上士（掌财帛之官）钱孚，钱氏得姓，即源于此。由钱孚四十九传至东汉钱让，为江东第一世祖。

又十五传至钱孝憘，始居临安茅山，为钱氏始迁祖。再七传至钱镠（武肃王），为吴越开国之祖。该谱以钱镠起为一世，重新排列至民国年间。其中第十二卷"支派"详细叙述了浙江、江苏、安徽、湖北、湖南、河北、陕西等地100余支系的分布情况，使得钱氏一族脉络清晰，实用价值很大。该谱的编纂者，为民国年间的钱文选（1874—1957），字士青，号灿升。他曾担任出使国外的外交官，晚年定居杭州。该谱系他在两浙盐务任上所为。他还于1938年修成《钱氏家谱》，但此次调查未见。

（2）［浙江富阳］富春瓜邱孙氏宗谱，（清）孙公衡主修，王宝文编，清光绪二十二年（1896）木活字本。

（3）［浙江富阳］富春惠爱孙氏宗谱（14卷，首1卷），（清）孙德钿主修，孙华森编纂，1947年木活字本。富阳古称富春,是富春孙氏的始发地。三国时代的东吴大帝孙权,就源出这里。关于孙氏的起源,孙权《天子自序》:"孙氏宫音,原郡乐安,出于尧妻舜两妃,居于沩汭,两姓曰妫。"也就是说,富阳孙氏出自虞舜的妫,春秋时的军事家孙武就是这一支的老祖。据富阳文史工作者调查,富春孙氏至今历时2500年左右,其繁衍情况大致可分为:

① 富春孙氏始发期,约公元前500年至公元150年,逾时650年左右。

② 孙氏北迁时期,从孙坚起兵钱唐到孙权称帝,孙皓降晋,孙氏北迁,为时不足百年。

③ 孙氏南迁,回原籍定居。两晋末年,五胡乱华。孙氏南归,其中一支回富阳,居龙门,始迁祖为孙忠,时间大约在宋初。宋以后,孙氏在富春江两岸各村落自然繁衍生息。其中龙门镇是孙权后裔最大的居住地,也是现在最具知名度的富阳文化古镇,但遗憾的是,该支系家谱已失落,目前尚在续修,因此没有著录。上述瓜邱孙氏、惠爱孙氏这两大支系也系孙权后裔。瓜邱位于富阳西南,是孙权祖父孙钟种瓜务农处。惠爱孙氏包括了富阳上台门、下台门、春建下唐一带的孙氏后裔。这两本家谱,对于先祖的记叙大致一样,只是对支系的叙述有不同。因此,都是了解孙氏一族发展衍变的重要资料。

(4)[浙江萧山]萧山来氏族谱(17卷),(明)来端蒙纂修,明嘉靖间抄本。

(5)[浙江萧山]萧山来氏家谱(59卷,首1卷),(民国)来杰总编纂,1922年会宗堂木活字本。

关于1922年会宗堂版《萧山来氏家谱》,来新夏先生曾在

1998年11月上海图书馆召开的"全国谱牒开发与利用"学术研讨会上作过专门介绍。由于来先生没有看见过杭州图书馆收藏的明嘉靖间来氏家谱抄本,所以介绍中没有谈及此谱。而根据《上海图书馆馆藏家谱提要》[1]和《中国家谱综合目录》[2]的著录,来氏家谱还分别有清光绪十六年(1890)来蕖铭主修的本子和清光绪二十六年(1900)来秉奎主修的本子。从这个情况分析,以及将明嘉靖本子与来先生介绍的本子校对,杭州图书馆所藏明嘉靖本子可能就是其他三个本子的母本。所以,将四个本子综合起来,萧山来氏800多年的发展情况当是十分清晰,这对研究萧山地方史将是非常有用的。萧山来氏原为开封府鄢陵县淮安里人。历世至来廷绍(1152—1203),廷绍于宋绍熙四年(1193)中陈亮榜进士,直龙图阁学士,进阶宣奉大夫。南宋嘉泰间从驾举家南迁,出知绍兴府事。在途经萧山时,急疾卒,子师安居守父墓,遂占籍萧山。来廷绍于是成了萧山来氏始祖。萧山来氏后来族丁兴旺,代有传人,成为萧山望族。

3. 民间家谱所存在的问题

国有史,郡有志,家有谱,这是中国历史上特有的文化现象。但史和志是官修的,是统治阶级意志的反映,所以,存在某些历史被人为阉割的现象,使人有"尽信史不若无史"的感喟。至于家谱,由于是私人行为,因而也不可避免地存在许多主观意向和撰写局限。如为本家族扬善隐恶、夸大以至编造本家族的光荣史,这也就是许多家谱秘不示人的道理。文天祥就说族谱"凿凿精实,百无二三"[3]。钱大昕说:"宋元以后,私家之谱不登于朝,于是支离傅会,纷纭踳驳,私造官阶,倒置年代,遥遥华胄,徒为有识者喷饭之助矣。"[4] 这都是我们在使用、研究家谱中需要注意的。

例如: 杭州淳安郭村乡有骆姓家族藏有祖传家谱,谱中记载他们是唐骆宾王的后裔,据他们相告,该谱为宋代抄本,经鉴定,实为清后期抄本,且谱中所谓的皇帝玺印也不可靠,其真实性值得商榷。 再有一例: 有些不法之徒,利用普通群众家谱知识贫乏的情况,不惜出卖道德和良心,伪造别姓旧家谱抛售。 笔者在金华就曾经历,诈骗者拿出30多套家谱,要求"打闷包"(好坏通吃),书款"一口价"。 经仔细阅看,发现了数套家谱封面不同,而里面内容相同。 显然制假者用旧纸将某姓家谱重复刷印,然后做成不同姓氏的家谱,进行兜售。 这破坏了家谱的真实性,是非常不应该的。

4. 结束语

长期以来,家谱被作为"封建宗法"制度的象征,成为批判的对象并视为糟粕予以清除;普通群众缺乏正确的家谱知识,知其然而不知其所以然,以致缺乏科学的判断。 在家谱调查过程中,民间对家谱的关注度非常高,经常有人来询问、讨教或者要求提供本家族家谱的线索。 这些隐藏在人们情感深处的真实信息追问——"我从哪里来,我们的根在哪里?"以及慎终追远的感情流淌,是人类共同的情感现象。 对于这种情感的保护和健康引导,可以激发更多的人们爱国、爱家乡、爱民族的情怀。 因此,面对逐渐兴起的民间修谱热,我们有必要加强家谱知识的普及和宣传，揭去家谱的神秘面纱，让人民群众正确认识家谱，了解家谱，从而发挥家谱积极的一面，消除家谱消极的方面，达到古为今用的目的。

出于这个目的，淳安图书馆举办了专题家谱展，吸引了四邻八方的乡亲，引出了许多家谱线索。富阳图书馆在上级领导的支持下，准备成立家谱研究会。这都是此次编撰《浙江家谱总目提要》所产生出来的积极方面和社会现实意义。希望《浙江家谱总目提要》的出版，能进一步将全省的家谱研究推向深入。

参考文献

[1] 上海图书馆编,王鹤鸣等主编.上海图书馆馆藏家谱提要[M].上海：上海古籍出版社,2000：323.
[2] 国家档案局二处.中国家谱综合目录[M].北京：中华书局,1997：211.
[3] 文天祥.跋李氏谱[M]//文天祥.文山先生全集：卷十,四部丛刊初编：第218册.上海：上海书店,1989：216.
[4] 钱大昕.钜野姚氏族谱序[M]//钱大昕.潜研堂文要：卷二十六,陈文和.嘉定钱大昕全集：第9册.南京：江苏古籍出版社,1997：427.

黄跋古籍四种过眼存记*

西泠印社拍卖有限公司杨柳女史寄来清嘉庆"读未见书斋"版《国语》、《梦窗词丙丁稿》、《文房四谱》、《画鉴》等四种古籍书影,请余鉴赏。此虽非原刻,然因影传清晰,装帧精美,古朴之气仍扑面而来,特别是每书都有黄丕烈等大家的书跋,版刻与法书相映,阅之,使人心神为之漾荡。

黄丕烈,字绍武,又作绍甫,号荛圃,又号荛翁,江苏长洲(今苏州)人。清乾嘉时期著名的藏书家、校勘学家和版本目录学家,其随札式题跋开一代宗风,对后世深具影响。故凡有黄丕烈题跋的古籍,均本呈龙象,籍具凤仪。

《梦窗丙稿》一卷、《丁稿》一卷、《绝笔》一卷、《补遗》一卷,黄丕烈手校本,宋代大词人吴文英撰,明汲古阁刊本,八行十八字,小字双行同,白口,四周单边,一册。有吴湖帆、潘静淑收藏印鉴并校跋,及蒋祖怡、徐邦达、叶恭绰等跋。湖帆夫妇出身名门,为现代藏家大佬,书、画、词享有时誉。此书三美并具:"梦窗制词"、"子晋刻词"、"荛夫校词",且众题者也都是一代闻人、一时之选。文献史上,如此赏心悦目之事,确不多见。

---

* 应西泠印社2012年古籍拍卖专场之约而作。

故湖帆先生曰："余复何言。"诚哉！诚哉！

《国语》，是先秦时期的重要典籍，向为学人所重，历代均有新刻。从各大图书馆著录的情况看。仅宋刻本就有五种传世，分别藏于国家图书馆、日本静嘉堂文库、台北"央图"、台湾故宫博物院、日本大仓文化财团等。今西泠本《国语二十一卷附校刊明道本韦氏解国语札记一卷》，（三国·吴）韦昭注，是清嘉庆五年（1800）黄氏读未见书斋刻本，十一行二十字，小字双行三十一字，白口，左右双边，二册。对于《国语》的版本及流转情况，现代学人徐佳在其《历代〈国语〉版本著录汇考》和《〈国语〉版本考论》两篇文章中，已有全面叙述，足资参阅。据云：《国语》版刻有"公序和"明道"两个系列，所谓"公序本"乃因宋庠（字公序）校勘而得名，而"明道本"则是宋天圣七年（1029）初印，明道二年（1033）据此重刊闻世，故又称"天圣明道本"。上述五种宋刻，均属"公序本"体系，而西泠《国语》是黄丕烈影宋雕本，系《士礼居丛书》之一，属"明道"系列，路工先生曾在《访书见闻录》中，评价"其几乎和宋刻难于分别"。黄刻艺术性之高，于此可见。从跋文中可知，是书为黄丕烈赠朝鲜使臣朴齐家原物，荛圃先生是否还有赠书外籍友人者，不得而知，但当年朴齐家喜而纳之，携而归之，宝而藏之，也足以印证汉文化流布对周边国家的影响。有趣的是，此书封面是五眼装，而里页却露出原始的四眼，显然此书在辗转的岁月中被中式翻高丽装了，但"故家乔物，依然无恙"，亦使人为之欣慰。

《画鉴》，一称《古今画鉴》，体例与米芾《画史》相类，内容兼具著录、品鉴、理论，所记始于三国吴，而迄元初。是书系抄本，鉴定为明代之物，从文中"玄"字不避讳的情况看，似也佐证。本馆文献学博士彭喜双，耽于翰海，熟研旧藏，对《画鉴》与《文房四谱》的版本流转作了详细考证，她发现：西泠本跋于辛未（1811年）冬至前二日，检《士礼居藏书题跋记》和《荛圃藏书题识》著录有另一"校旧钞本"，时间为辛未（1811）冬至后四日，为何仅隔六日，后作之跋不言及前本，是一书？抑或二书？由于后跋之书现藏于国家图书馆，无法对照，语我亦莫之奈何。

《文房四谱》钤有"蒋香生氏秦汉十印斋考藏记"，香生为清代长洲蒋凤藻之号，蒋氏富藏书，商务印书馆2005年所编《中国著名藏书家书目汇刊》近代卷中，收有蒋氏《秦汉十印斋藏书目》，卷三子部"谱录类"著录此书。此书应是蒋凤藻得之周星诒处，而周星诒是从陈征芝处购得，西泠本虽无陈征芝藏书印，但阅陈氏《带经堂书目》，此本赫然其中。又据谭献《复堂日记》云："见陈氏《带经堂书目》多有影宋抄本，盖黄荛圃旧藏，后归王惕甫。陈征芝兰邻官浙江时又得之惕圃，乃入闽。此其流传端绪也。"惕圃者，芑孙之号。据此，喜双博士认为是书流传有序，递藏情况应该是明确的，大致为黄丕烈——王芑孙——陈征芝——周星诒——蒋凤藻。信不诬也。

前人谓书有十厄，藏书实难。上述四种古籍，历久而不毁，使人不能不抚书而概。

江南六月，暑湿交并，常使人惆怅，披阅书影，神游古今，想两百来年前，黄丕烈先生"闲窗枯坐，虽浓云密布，天意酿寒，清冷之致，然校书自得"，内中之南山心境，林下之乐，又岂是"窗竹萧森烛影孤"所能述也。

下篇

散文随笔

再谈凤凰山的开发[*]

在杭州西湖风景区内，凤凰山是最具有开发价值的风景点。其范围包括万松岭、九华山、将台山、包家山、乌龟山、馒头山等。这一带不仅左薄湖浒，右掠江滨，岩石峻秀有姿，得山川江湖之胜，而且至隋朝开皇十一年到南宋末年，一直是皇城所在，宫苑禁地。是城市的心脏地带，故历史遗迹殊多。识者谓：能代表杭州悠久历史者，一为余杭良渚文化，二为凤凰山皇城遗址。前者已经开发，后者也不应落后。

凤凰山一带，我随有关专家去过多次，每次去都有新的发现。相信到现在为止，还没有一位先生敢肯定地讲，他对这一带的古迹情况都摸透了。记得1992年初秋，我受历史学会委托，组织省市有关专家对这一带进行考察。那次去的人员很多，有声望的几位也来了。如杭大历史系徐规教授，地理系王传琛教授等。大家目睹日益风化的历史遗迹，感到早日开发、保护的重要和迫切，但也不乏担心，害怕建设性的破坏重演。历史上从良好的愿望出发，最终却以破坏的结果收场的事例，不是没有而是不少。所以在考察结束的座谈会上，与会人士在一致要求早日开

---

[*] 原文刊于《西湖文化研究会论文集》1995年。

发的同时，也提出了成立古都研究会，作为开发皇城遗迹的智囊团的主张。结合相关学者专家、行政领导，一起筹核，详加考虑，周密规划，谋定而后动。不过，我认为问题的核心并不在于是否成立研究会，而在于学者们对待遗迹的严谨态度，是否能得到有关部门的理解和支持。

对于遗址怎样开？如何建？去的次数多了，难免也有自己的观点。鉴于文字的关系，我不细述对具体某一点的修建看法，只从总体讲点意见。

凤凰山一带我认为以建南宋皇城遗址公园为好。因为杭州作为历史文化名城，七大古都之一，历史遗迹已少得可怜，唯有该地尚得保存着一批具有丰富历史内涵的古迹。将这部分人文景观保护好，用活来，对本市旅游业是个不小的促进。

遗址公园风格应突出自然。关于自然这个话题，它包括两个方面：一是遗址风貌的自然，二是环境风貌的自然。前者主要表现在一直的处理上只作稍事整扶，不作改变原貌的举动，一任展示其被岁月侵蚀、破坏的已有形态，以表现"遗"意，以突出"遗"意。在一定需要整修的地方，也应遵循文物修补的原则，做到整旧如旧，补旧似旧。原材料的使用，技术的运用，都要做到不露痕迹，保持本色。而且，公园内也不应大修仿古建筑，以免喧宾夺主。非建筑不可的工作用房，也应尽量隐蔽，且宜小不宜大，宜散不宜聚，宜低不宜高。建筑风格尽量接近南宋时期房屋风格。在遗址保护这个问题上，国外做得比较好。他们对遗址的修复都坚持"不事雕饰，保持其斑驳倾圮的原貌"的原则。如意大利古庞贝城遗址，古罗马竞技场遗址。中国美院有一位学者到德国交流考察，去海德堡游览，给他留下印象最深的是海德尔堡王宫。他说王宫高高屹立于老城狭窄的小巷和极富画意的耶登布尔丘山腰上，玫瑰红色的古堡显得很是雄伟。在青翠的山林和蔚蓝的天幕衬托下分外漂亮。使他震惊的是，当他走进王宫，雄伟王宫背后竟是一片废墟。据陪同者告之，这座建于500年前的古城堡，在1693年的战争中被摧毁，其废墟一如其貌地保持至今，人们经常在此举行音乐会，成为德国浪漫主义的象征。诚然，中西文化有着很大不同，历史遗迹的内涵也各不一样，我不是要求我们也到凤凰山宋城遗址上去开露天音乐会。但是，在遗址保护的观点、方法上，中外应有相通的地方。同样，后者即环境的自然，就是不要太多的人工，以自然山水为基础，并给予着重保护和组织，使人文景观和自然环境融为一体，断柱残壁与萧疏的山林互为映衬，从而产生出一种诗意的历史氛围，怆然的历史意境，使身临其境者无形中受到感染而产生心灵的悸动，发出无常的感叹和黍离之悲。这种效用，用时髦的话说，可叫做"寓教于乐的爱国主义教育基地"。此外，将遗址公园建成自然公园的形态，亦颇符合现代都市人的胃口。由于现代化的日益加速发展，都市生活节奏的紧张，人们又逐渐喜欢追求天真，崇尚自然，以求得心态的平衡。人是大地之子，这话说得一点不错。太子湾公园的设计者刘延捷女士就是抓住了都市人的这一心态，在太子湾公园的设计上大胆地抛弃了许多传统的造园手法，以返朴、天趣为主导思想，使该园成为最受欢迎的休闲去处。凤凰山一带，自然条件比太子湾要优越得多，人们常说三分美，七分扮，凤凰山一带已有七分天姿，只需三分人为即可成景了。建成遗址公园后，对市民的吸引力，一定远胜于太子湾。

另外，凤凰山皇城遗址内有三处著名庙宇，栖云寺、梵天寺、圣果寺,曾被誉为江干三大寺,影响很大。郁达夫说:"南山胜于北山,圣果寺博大精深。"可惜圣果寺已成废墟,梵天寺仅剩两个经幢。唯栖云寺尚存,相传该寺建于南北朝陈宣帝大建六年(公园574年),南宋时为皇室女眷做佛事的场所。百花公主也在此出家。南宋亡后,元初又成著名文学家贯云石隐居修藏之所。明代净土宗第八代祖莲池大师,也曾在此修行,一度香火很旺,隐隐赈赈至今已有1 400多年历史。现在该庙清幽简朴,很有深山藏古寺的意趣。其风格明显不同于灵隐、净寺。每当黄昏,阵阵梵音钟声在山谷中回荡,使人仿佛置身于唐诗般的境界之中,很有保留价值。也是对遗址公园的很好点缀,希望在开发时能规划进去。至于梵天寺,圣果寺,有人主张重建,我认为实无必要。佛曰:"普度众生。"在国内尚有许多儿童贫困失学,人民温饱尚存在问题的情况下,耗费大量资金搞重建,修假古董,实在有违佛意佛义,应当反对。我主张一任其坍,只保留旧址,借游人凭吊。遗址公园,自然多遗址。

行文至此,从新闻中获悉,凤凰山开发已获立项,不禁为之感奋,仅以上述意见,供主事者参议。

关于历史文化名城的保护和建设*

历史文化名城保护和建设,题目已不新鲜,可以说是老生常谈了,但谈又怎样? 矛盾、问题依然,甚至有些地方已是只有矛,而没有盾了(旧建筑拆得差不多了)。 譬如杭州,试想,除了一个西湖是别地别处所没有的以外,城市建设中还有哪一处尚有很明显的地域特征的? 个性一失,魅力全无。 杭州留不住客,亦是必然的。 放而化之,别地的情况又会是如何? 估计也不容乐观。 造成目前这种情况的原因是很复杂的,但总结起来,我个人认为不外乎以下几点:

1. 片面地认为高楼即是现代化

这个观念的流行已有好多年了,尤以现在为甚,许多普通百姓、领导者都有此想。 他们根本未意识到老城街巷、旧建筑、百年老树也属文物,皆为保持固有城市风貌特征的重要依凭,而是将其视作"老土",现代化城市建设的阻碍,"不破不立",只有砸烂一个旧世界,才能建设一个新世界。 建楼唯恐不高,旧房就

---

* 原文刊于《西湖文化研究会论文集(三)》1999年。

怕拆之不尽，自然就不来搞保护，谈规划了。于是，在发达国家并不时髦的高楼，在我们这里却方兴未艾。前年，英国有位学者来访，与我谈起中国的古建筑，她对于我们目前的做法很不理解，特别是对一些木结构房子被拆，更是表示惋惜。她说，在她们那时，只有富有的人才能住木结构的房子。而且上百年的木结构房子都被作为保护对象，不能擅自拆、修或作改变外貌的行为。她认为中国许多名城中被拆的房子，就她看到的，有许多是非常漂亮，非常具有中国民族特色的。她很想在中国的报纸上写篇文章来谈这个问题，当然，最终是否写，我不知道。但据此，可见中外在建筑上的差距。诚然，建高楼在目前的中国，有需要的成分。但问题的核心是：历史文化名城究竟应该怎样建，如何建？采取保护老城，另辟新城的方法，虽很好，很值得借鉴，但对于已遭破坏的老城，又该采取怎么样的方法措施，就很值得探讨。

2. 错误地认为加强名城文保工作会影响经济发展

这种把名城保护和经济发展对立起来，割裂开来的想法，是有一定市场的，在一些人的观念中，认为文保工作除了花钱，不能带来经济效益，或者，认为一搞名城保护，就阻碍了工业发展。其实，这是一个很大的错误。试想在国内外，对古城保护好的地方，是否影响了当地经济的发展与繁荣呢？其实是个认识问题，如在杭州西湖区，过去搞了个水泥厂，大煞风景，连中央领导同志都提出批评。现在，该地区大力发展旅游景点的建设和保健食品的开发，效益就很好，且又不破坏环境，显然路是走对了。同样，近几年来，虽然大家已认识到旅游业是能赚钱的新兴行业，是本小利大的"无烟产业"，故各地竞相发展，大搞楼堂馆所，却拆掉真古董，建造假古董，结果事与愿违，游客是逐年下降，而一些原来并不是以景点闻名的地方，如江苏的周庄、同里，安徽的徽州市等，游客却逐年上升。究其原因，就是这些地方的古迹遗址保护得好，环境风貌没有遭到破坏或破坏得很少，这不是很能说明问题吗？

3. 孤立地对待文保工作，没有将其融入城市整体

历史文化名城之所以成为名城，就在于它有丰富的文物古迹和风景名胜优势。如何保护好文物古迹及风景名胜的本身和它的范围，取得与整个环境风貌相协调的效果，就成为关系一个历史文化名城规划与建设优劣成败的关键。长期以来，在文保工作方面，我们较多地考虑了文物本身，较多地考虑了单个地维护，没有考虑将其融合进整个城市建筑体系、环境风貌中。文物工作与城建工作脱离，造成文物或养"深闺"，或被划地禁锢将其孤立。这样，很自然地容易与城市的现代化建设发生冲突了。如果我们能摆脱这种工作方式，把单个散落在城区各角落的文物古迹，如经幢、石塔、石碑、古井等，着重给予保护和组织，使之成为各种小型的街头公园、马路标志，使这项人文景观像城市雕塑那样成为该城的重要街景，此不仅美化了环境，保护了文物，更可保存名城的独特风貌，避免与城市建设发生冲突。

4. 轻视城市规划，城建呈无序发展

新时期以来，城市建设出现了前所未有的高潮，不少城市都

宛如一个大工地，到处是脚手架林立，大有一夜之间改变"破烂的城市"之嫌。本来城市基础建设的欠债太多，要大力建设也无可厚非，但问题出在由于没有制定出一个长远周密的全面发展规划，于是整个建设就呈无序发展的现象。这里房子刚建好说要拓宽马路，又要拆了。那边古城河刚浚通，说要改道了，资金重复浪费。更有甚者，置自然景色、风景名胜不顾，在最优越的景区、景点，被称作"黄金地带"的位置，与外商合建高层宾馆、会议中心等。对这种只赚不赔的生意，外商自是一呼百应。中国人自己建是煞风景，一合资就成了改革开放，真是拍案惊奇。还有路号混乱，门号重复者已不见怪。本来对于街路的称谓，为直街横路，现在却路、街不分，混为一谈。市政是一种专门的学问，现在却是做此工作者不用学，走街穿路者都须问了。更有因房地产利润丰厚，开发商一拥而上，房产公司如雨后春笋，遍地生根。城市土地资源，你争我夺各靠背景。在利之所趋下，什么文物古迹，名城风貌，一概抛到脑后。开发中遇到与文保冲突时，也可金钱摆平，制定的法规形同虚立，情形让人扼腕。于是，保护历史文化名城的工作，就成了专家、学者的事，然呼吁也罢，上书也罢，书生清谈，终究挡不住滚滚红尘。

5. 一点建议

现在名城中的新房子建了不少，或千篇一律，一个面孔，无艺术美感，或全面西化无民族特色，与名城原有的建筑风格不相符，应引起重视。美国在对待华盛顿特区的建设上，有一个总统负责的专门委员会，来审核每一幢将要立项上马的建设。我们是否也参考这样的做法,来管理历史文化名城建设呢?

其次,我们谈名城的保护,主要是就城论城,很少注意城郊、远郊和所属县、乡。在目前的城市区块,因种种原因,已造成遗憾的情况下,我们是否能预先对那些地方的环境风貌等作抢救性的保护呢?

历史文化名城是祖先留给我们的一份珍贵财富,这个财富不仅属于历史文化名城本身,而是属于整个中华民族,以至属于全人类,它也不仅仅是属于一个时代,而是属于过去、今天和未来。所以我们一定要以高度的责任感来对待这笔宝贵的历史文化遗产,进行一些专门研究,把历史文化名城的保护和发展当作一门学问,仔细着意,反复推敲,小心刻意来经营,著名古典园林专家陈从周先生在风景区的建设上,提出要有"诗人的风度,宗教家的虔诚,旅行家的毅力,学者的哲理"。那么在名城的保护和发展问题上,除需要有上述精神外,我认为还须有"政治家的眼光"。如此,虽不中亦不远矣。

《浙江藏书家传略》序[*]

藏书,作为一种人文方式,是人类共有的文化现象。据考证,目前已知最早的藏书现象是古巴比伦的寺庙藏书。1889—1900年,美国考古学家彼得斯和希尔普雷希特在伊拉克的尼普尔区域发现了一大批集中收藏的泥版书,内容丰富,涉及神话、祈祷文、赞美歌等。人们估计,它应存在于公元前三十世纪上半叶,距今约有四千多年了。毫无疑问,它已成为两河流域人类文明在现代社会的实证,是古代苏美尔人在当今社会的存世履痕。

至于我国的藏书起源,可信的历史,大致在夏商时期。到了周朝,藏书的管理体制渐具雏形,降及西汉,已蔚然成形,其流风直接影响了以后二千多年的中国藏书史。西汉时期设置的藏书机构如石渠阁、天禄阁、兰台、石室等,成为后来士人歌咏藏书机构的代名词,而刘向编辑的《别录》一书,更是开启了中国目录学之先河。

纵观古今中外,关乎藏书,无非分公、私、书院、宗教四大收藏体系。四者间,性有差异,质却相似。历史地看,公藏、书院藏和宗教藏书更多地表现为一种功能的概念或服务,而私藏

---

[*] 2013年6月于襟江书舍。

则明显地体现了一种生活的情趣。当然，所有的人类图书收藏活动，最终都毫无例外地演变发展成为一种文化的现象，一种民族文明的图腾。

对于藏书文化的研究，多少年来，几乎代有续篇，时有佳作，累世叠加，蔚然成学。内容涉及文献学、目录学、版本学、图书馆学、校勘学等，其中人物的研究是藏书文化探寻的主体，更是基础。故不少学者孜孜着力于对藏书家的考证和探究，以期"能采源溯流，钩微掘隐，勒藏家故实为一书。则千数百年来文化之消长，学术之升沉，社会生活之变动，地方经济之盈亏，固不难一一如示诸掌也"。

浙江的藏书家、藏书楼均领全国风骚。现代学者吴晗曾撰《江浙藏书家史略》，以此揭示书藏之渊源，彰显两浙之人文。其故实采自于诸方志、史乘、诗文集、笔记、志状碑帖等，计收列有399人，颇为壮观。此后不断有学人发文以增，可谓续而不绝。何槐昌先生，系浙江图书馆古籍部老主任，整理国故凡40年，精研版本，长于考证，对历代藏家递嬗极为熟悉，辄有会意，工作中勤于笔记，发心在吴晗先生所撰是书的基础上，增补蒐辑，撰《浙江藏书家传略》一稿。槐昌先生曾将书稿交我，嘱我帮助修订，不意因我行政事务繁忙，搁置良久，遽尔先生去世，先生生前提携后辈，杭州图书馆古籍工作者多受其教，获益良多。同仁哀悼之余，觉得对先生最好的追念，莫如完成此书并将其出版。亦为学术计，于是众人分头齐进，对原稿进行标点编排，考证修订，拾遗补缺，增加了许多条目，同时，根据现代阅读之特点，增加了大量的照片资料，力求图文并茂，雅趣并存。书成之日，不自惭学术跟跄，写此以为序。

《宋宝罗篆刻毛泽东诗词印谱》序

宋宝罗先生是我国著名的京剧表演艺术家，七岁登台，主攻老生，至今已有 90 年的艺术人生。

在杭州人的心目中，宝罗先生的地位是很崇高的，无人不知"画鸡唱戏宋宝罗"。自懂事起，印象中的宋先生就已经是鹤发童颜。当时正值"文革"，在一些节庆场合，他总是在老中青联唱中代表老一辈艺术家登场，只不过传统京戏不唱了，改唱样板戏。先生那灰色的中山装，挺拔的身段，韵味十足的唱功，总能赢得满堂喝彩。当然，在那个革命性的年代，宋先生最具"革命性"的形象是在给主席唱戏时，可以边唱边画成雄鸡图。对于这种艺术表演形式，主席为其题名"雄鸡一唱天下白"。在当时，这句诗象征着光明战胜黑暗，民主战胜独裁，象征民族解放了。宋先生的这一切，让少不更事的我慢慢领悟到了"名角"二字的意义。

改革开放后，宝罗先生无论是唱戏还是绘画都迎来了第二个春天。此时的他，朱颜不改，银须飘然，声若洪钟，很难看出他已是坐八登九之龄。人们一说起他，无不赞叹：健！所以，他更多地是以一个艺术健康老人的形象出现在公众视野。

杭州图书馆自成立之始，便与宝罗先生有着深厚情谊。 1985

年,杭图浣纱路新馆落成。当时已入中寿之年的宋老,专门提笔画就朱砂云松一幅以做补壁。2012年冬天时,我和同事们又去看望他。欢快交谈中,老人取出他篆刻钤印的毛主席诗词印谱,嘱予转赠杭州图书馆。我当时只知道宝罗先生会画画,却不知道他还会篆刻。面对我的诧异,老人哈哈大笑道:我年轻时就会篆刻了,徐悲鸿、张大千都曾用过我治的印章。我又问:为何不刻别的内容,而专刻毛主席诗词?老人说:为了纪念。

事后,我从别处获悉,"文革"中宝罗先生受到冲击,是毛主席的一句话解救了他。他为此感念终生。

今年是毛泽东主席诞辰120周年。知道杭图有此份珍贵印谱的人,不约而同地建议出版。征求宝罗先生意见时,这位九八老人非常兴奋地表示,这是圆了他一大心愿。我想,这本《宋宝罗篆刻毛泽东诗词》,不仅是一个老人对另一个老人的怀念,也是我们大家对一位伟人的纪念。

是为序。

《迁徙的人生——杭州知青纪实》序

"上山下乡",作为一个名词,它可能凝固或记录的是一个时代,是一代人的记忆。几十年过去了,人们依然不能忘记,或是因为理想,或是迫于无奈,或是追随大流,或是出于逃避现实,总之,一个特定的年代创造了一个特定的故事。它注定要不停地被人们回忆、总结、思索、记录。本书所写的文字源出于此。

在我还是孩提的时代,周遭有很多的支边青年,他们的喜怒哀乐往往成为我们上学路上的谈资。记得比邻而居的大哥因为要好的同学都已被安排赴大兴安岭插队,他在多次向母亲要求随同学一起赴边疆无果后,义无反顾地偷了家中的户口本,如愿报名,登上了北去的列车。那时的他是多么地风华正茂,多么地风流倜傥,是很多女孩心仪的男生。听说,缘于他,很多女生也随车北上了。

他们在边疆的生活一定是本地亲友牵挂的内容。每当他们回杭探亲的时候,我们总有问不完的问题,他们也有说不完的故事。这故事本身充满了艰辛和坎坷,比如,如何在冰天雪地里劳动,如何在陌生的环境生存,如何让青春的情愫在革命意志中飞扬,如何在不名一文的情况下以狡黠的智慧攀火车回到故乡。然而，因为换了场景，内容似乎已不那么辛酸，反而充满了人生的阅历和骄傲。那时，懵懂的我辈也知道上山下乡不是最好的选择，但他们的工作和生活在我们心目中还是蛮"牛"的。

那一代人，在戏剧性的社会变化中，他们的生命历程注定是波澜起伏、令人感叹的。虽然，他们中的一小部分人在后来的人生中取得了事业的成功，但大多数人承载了太多共和国发展中的不幸。这是一段不该忘却的历史，这是一个不应被忽视的群体。

上山下乡是一个特殊年代里，一群受特殊教育的青年人所经历的一段特殊人生，用现在的眼光和观念还很难去评判，只有忠实地记录，留待后来的人们去沉思。事实上，忠实地记录这一段不同寻常的历史也不是一件容易的事，本书所记录的也只是一些片段和个案，虽微不足道，但希望"微"能"道"之。

《第三文化空间》序

网络背景下,图书馆正在发生变革,但不论如何变化,作为公共文化的空间,让人喜欢,让人走进来是图书馆发展的硬道理。正如人们所说的,没有学生的学校还是学校吗?没有顾客的商店还是商店吗?同理,没有读者的图书馆还是图书馆吗?

2009年第75届EFLA都灵分会场,大家围绕美国社会学家奥登伯格的关于社会形态的三个空间理论展开讨论。按照奥氏的观点,第一空间是家庭,第二空间是单位,第三空间是那些博物馆、美术馆、酒吧、街心公园、咖啡馆等引人入胜的地方。这些空间建设得如何将决定一个城市的吸引力。

图书馆能是一个引人入胜的地方吗?图书馆是一个可以让人们忘记年龄、性别、学历、职业、身份而心情放松的地方吗?图书馆是一个自由、多元、开放的地方吗?显然,传统图书馆是做不到的,因为它有太多的制度和框架限制了人们。在一个崇尚自由、崇尚快乐、崇尚放松的时代,传统图书馆显然不合时宜。在这个时代,不合时宜的东西有很多,有的消亡了,有的变革后焕发出蓬勃的生机,这就是达尔文的适者生存的自然法则。所以,创新是这个时代主旋律。图书馆要想生存和发展,其内涵和外延也必然要发生变革,核心就是让人们喜欢,让人们走进来。

我想，都灵会议上图书馆人聚集在一起讨论的目的不外乎此吧。 第三空间的场景有很多，图书馆并不是唯一的，所以，打造第三空间，每一个组织都在追求自己特有的形态。 在这当中，图书馆也要追求自己的特质，那就是图书馆特有的文化形态。 从这个意义上讲，我们是否可以说，图书馆需要打造第三空间加文化，即"第三文化空间"。

　　麦当劳在其企业的发展设计概念中提出，虽然我们做的是快餐，但让人们在什么场景下吃、与谁吃、怎么吃，这是一种文化。 同样，在图书馆这个空间里，读者在什么场景下看书、怎么看书、与谁一起看书，看书能带来什么，也需要成为一种文化，只有这样，图书馆才有存在的价值。"第三文化空间"就是要研究、探索、实现这种文化，最终达到"人们不是在回家的路上，就是在去图书馆的路上"。 倘如此，图书馆还会不被人们追捧吗？

《2013 触觉·凹凸》展览序

20年前，李秀勤教授做了一个不同凡响的艺术展，以《触觉·凹凸》为题，在中国第一次以艺术的方式将盲人带进视觉艺术的殿堂，尝试着让盲人与正常人共同分享艺术的瑰丽。我不知道这是不是具有开创性的意义，但至少，这是她的艺术和良心对社会现实的一次美丽的介入。

20年过去了，李秀勤教授念兹在兹，又在杭州图书馆举办了一次以相同名字命名的展览，但它的主题和意义再一次得到了升华。

尽管雕塑是一种可触摸的艺术，但通常情况下，它还是一种视觉艺术，艺术家们的关注主要也是视觉正常的人群对其作品的感受。像李秀勤教授这样，把雕塑艺术聚焦于处于社会边缘的盲人，这是有艺术风险的，但良心使她用这种方式来揭示这个特殊人群的精神世界，并将这个展览放在图书馆这样的公共文化平台来展示，她这样做，雕塑艺术的公共性和现实性得到了淋漓尽致的表达，其艺术感染力不言而喻。

有两个不得不说的细节。一个是这次李秀勤教授的二度展览关注了20年前参与首次展览的九位盲童，这使它的展览有了"时间"的介入，让我们产生了更多的心灵激荡；另一个是，这次展览中同时展出了15件视障者的作品，这一细节使视障者由被关注者升华为参与者，它所表达的人文内涵极为丰富。

我相信，李秀勤教授所付出的努力必然会给社会带来正能量。祝愿《触觉·凹凸》展圆满成功！

每思少珊举画看[*]

仇名虎先生来访，言及其舅叶少珊先生去世十年了，想筹办一个纪念会，问我能否帮忙。此事自然不能推托，我一口应承，时光如驹，少珊先生绘画、座谈的情景如在目前，人却已做古十年，思之怆然。

20世纪80年代中期开始，各地掀起地方文化及文献的研究热潮，在杭的徽州人如市政协副主席江敦厚以及许克定、叶少珊等诸前辈发起筹建了杭州徽学研究会，志在推动徽商与杭州发展的研究，受他们之邀，我也入会，开始了有关徽学的学研。此后，为了加强对徽派书画的弘扬，专门又成立了黄宾虹书画研究会，少珊先生早年因与宾虹老有着乡谊的关系，列侍门下，成为其私塾弟子，故此事最为积极。我当时为学会中的年轻人，所以他们都希望我多出些力，跑跑腿，由此，与少珊先生熟悉并建立了很好的友谊。在我印象中，少珊先生撰写有关徽学的文章并不是很多，他的兴趣和热情还是在绘画上。其作品与时下的创新派迥然不同，走的是传统的路子，而且特别强调宾虹老的点、线法则，"运书法于画法"，故在社会上也较负画名，讨画索字者很

---

[*] 原文刊于《文澜》2013年第11期。

多，学会中人更是近水楼台。少珊先生性格温和、木讷少言，对索画者，几乎都予以应承，因而人缘极好。对于学会需要的一些公共关系，也主要是拿他作的画赠送，他做事又出力，对学会发展的贡献是不言而喻的。

20世纪90年代，他所住的太庙巷老屋拆迁，他临时寄居在青年路东平巷一座老宅的一楼。是居为楼中楼，不但房间狭小逼仄，而且终日没有阳光，少珊先生此时身体已然很弱，再加上无法看书画画，枯坐家中，身体更为不适。一日，他慢慢走到位于青年路见仁里六号的杭州图书馆古籍部找我，问我能否在古籍部搭一个台子画画写字。他讲了个中缘由，我和同志们都欢迎他，马上在楼上腾出一间朝南的房间，画桌、绒布一应俱全。少珊先生极为高兴，以后日日来馆画画。我们整理图书，和他互不相扰，累了，就一起在阳台上晒晒太阳，喝喝茶，聊聊天。可以看出，他是极为满意古籍部的环境和人文氛围的，他常说你们福气好之类的话，说人间最称心的事，莫若坐拥书城。有时，他也会把我们叫到画室，把他画的画一一挂起来让大家评价，这时，大家都没有思想的束缚，完全随意而语。记得有一次，谈到画从有法到无法的时候，我有意无意地说到创作的个性化问题，说周沧米先生的画个性很强，一看就是他的东西，而您的画几乎与宾虹老一辙，少珊先生马上接口说："我的作品受先生影响太深了，出不来，我也很苦恼。"当时，我既为他的坦率感动，又觉得自己说话太唐突了，于是我忙表示，对古人来说，绘画是读书之余事，是用来寄兴自娱的，你的绘艺已达到一定境界，真正中国的文化人，应该是像你这样诗、书、画、印都能入手的才行，你的成就已很让我们羡慕等。不料，他没吭声，似乎在沉思。许久，他缓缓地说到，我的绘画水平也就这样了，但我一直有个心愿，想把宾虹老有关绘画的论述整理出来，同时把徽州历史上的画家都给梳理、编次，辑成图书，给需要研究"新安画派"的人作参考之用，看来我还是加紧完成那事吧！他是说到做到，不几天，他就收拾东西不再来了。后来，有学会的同志告诉我，他常看到少珊先生坐在弄堂里看书，他也曾向我调阅过一些资料，我至今还留有他一张便条："褚树青同志：祝好！前托借用《歙縣志》为9—10册二本，请预先检出，12月3日开会面领，用毕即璧赵不悞。费神，谢谢，此颂、撰安——葉少珊顿首。"他是拼着全力完成两本书的撰写的，令人高兴的是，他的《黄宾虹传艺录》、《新安画苑》两书都相继出版，一个耄耋老人以一己之力几年间完成两部大作，其艰辛可想而知。

印象中，在其撰写著作期间，他差儿子来找我，给了我一封信，信里是一幅画和一张便条："此幅虽像临摹之作，但自觉差强人意，留作纪念，幸勿转赠他人，幸甚！"

有一天，我请几位外地同行到吴山路吃烧麦。那天饭店熙熙攘攘，特别热闹，我坐在二楼窗口，突然瞥见少珊先生一人施施而行，神色淡然，我想推窗叫他，无奈临街的窗都被钉死，起立下楼又因人多而颇感不便，也就在犹豫间，他已过了饭店朝西湖边走去。我心想还是不打扰他了吧！孰料，不久他就去世了，后来知道，是时他正住在省中医院，他那天在街上的影像，成为他留在我脑海中最后的鲜活印象。

为了"忘却的回忆"，我从画箱中拿出少珊先生送的画，挂在墙上，再次细细品赏，少珊先生困顿一生，但其画作却色清景丽，悠然间，我觉得宾虹老的画浑厚华滋中透出一股老辣，而少珊先生的却温润秀美。其实，少珊先生的画作在黄派的面貌里，还是透出了自己的特质的。

可惜，我这一认识，此生今世是再也无法告诉他了！

木棉花开红艳艳

广州图书馆即将迎来三十年大庆,全馆上下一片喜气洋洋。人们常说三十而立,我想这句话的意思,大概是说三十岁,人的各方面都成熟了,事业也有所成功,终于可以自立门厅。 不过,对于人的生命历程好像可以这么期许,但对于一个组织、一种事业,可能难以引用这个比喻。 广州图书馆从它开馆之日起,就卓然自立,名动江湖,让不少百年老馆为之钦羡。

记得我初次到访广州图书馆是1983年,我和杭州图书馆的几位老同志一起慕名前往,那时国家改革开放不久,港风北渐,广州成为联通香港的桥梁,人们都到广州进货,所以火车票极为紧张,好不容易弄了几张坐票,进得车厢简直没有立脚之地,连厕所里面都是人。 大家也不按规矩坐,好不容易劝走了占座客,发现旁边坐着的是一个"小叫花"的,由于路上要两天两夜,第一天还好,第二夜困得实在不行,再加上座位下面都躺着人,脚也伸不下,难受至极,这时"小叫花"忽然让我靠到他身上去,搁着他睡,我涌起难以言状的感动,靠着他沉沉睡去……

此事过去快三十年了,但每次只要说起第一次到广州图书馆的情形,脑子里就会出现那"小叫花"破衣烂衫,蓬头垢面,眼睛清亮的影子。

记得广州图书馆坐落在中山四路上,有一个巨大的广场,图书馆大楼和当时广州城里普遍的南国小楼相比显得高大巍峨,再加上楼顶部有一个巨大的火炬,大楼右边是"毛泽东农民运动讲习所"纪念馆,使得整个建筑群人文内涵丰富,革命形态强烈,与广州整个城市的文脉相通。在绿色掩映之中,当时觉得这就是全国最好的图书馆了。拾级而上,整个大楼有苏联建筑的风格,一种宫殿般的感觉。广州图书馆的同仁热情地接待了我们,并陪我们到外借、采编、阅览等部门一一参观、讲解。从他们的介绍中我们知道,广州图书馆的建筑原为"星火燎原纪念馆"改建而来。

当时馆内环境整洁、书香浓郁、业务规范,到馆读者之多,都给我们留下了深刻印象。回杭后,我们还专门做了一个访问广州图书馆的汇报,以至于又引得第二批杭州图书馆人员前往广州图书馆参观、取经。之后,广州馆率先发起国内15个副省级公共图书馆联席会议制度,通过这个平台,我们可以获悉广州图书馆种种业务改革和发展的思路,吸取广州图书馆先进的工作经验。广州图书馆的工作模式,一直对杭州图书馆有着巨大的影响。

20世纪90年代后期,因主持杭州图书馆的业务工作,我又多次到广州图书馆学习,给我的印象是,广州的城市建设一年比一年乱,广州图书馆的大楼一年比一年旧,特别是当年整个建筑群的气势已经不存在了。我特别惋惜当年大楼顶部的火炬被人为拆除,由于火炬的消失,不仅使这座大楼矮了很多,而且,也感觉到这座建筑所特有的那个时代的气息也消失了。我个人一直认为,文革是一个特殊时期,那个时代的建筑也具有特别的文化元素，我们应该像保护文物一样，保护这座大楼，也就是保留那段历史，保留那段记忆，无论它给我们留下的是哀伤，还是什么，但它毕竟是我们共和国历史的一部分。好在，广州图书馆受读者欢迎的程度丝毫没有因为建筑的陈旧而丝毫降低，每次去，都看到熙熙攘攘的读者，很像纽约的皇后区图书馆，人们进出图书馆就像到超市一样热闹。我想，对一个图书馆来说，读者的到馆率足以证明这个图书馆在市民心目中的地位。

广州是个历史之城，英雄之城，它的市树——木棉树，速生，速长，总是高出众树之上，极像这个城市的品格。广州图书馆的工作业绩和工作热情，是这种品格得以继续传承的基础。原广州市市长朱光曾有诗"广州好，人道木棉雄。落叶开花飞火凤，参天擎日舞丹龙。三月正春风"。广州图书馆新馆马上要落成并对外开放了，广州图书馆又将迎来一个全新的发展机遇期，我愿借老市长的这句诗，祝广州图书馆"三十年正春风"！

择善之辩[*]

前些日子,《光明日报》刊发了《图书馆,请择善而藏》的文章。作者孟其真先生应是首都图书馆的老读者,若非对其藏书布局颇为关注、对其架上书目格外留意的话,想必也不会爱恨交织地写下"图书馆库藏无价值标准",并连续两次质问"馆长们何以安心"。图书馆是个平静温和的地方,能获得如此激越文字之青睐,以我之见,是令人振奋的好事,这至少反映出图书馆受关注的程度以及在人们精神生活中的地位。

且不论孟先生的"择善而藏"引起了怎样的社会热议,但作为从业者,总是会忍不住站出来互动交流一下的,这倒未必就一定是自辩吧。程焕文先生素来好文思,他的《人有好恶 书无好坏》观点鲜明、字字珠玑,称得上为业界代笔之作。而我这个总是一不小心就会被"娱乐"到的人,也想诚恳地说一说内心念想,算是承让孟先生文中的那句"杭州图书馆允许乞丐拾荒者入内读书,很令人兴奋了一阵"。

孟先生对图书馆上游产业——国内出版业之批判可谓鞭辟入里:"学术腐败、教育腐败影响精神食粮的质量正如污染的水源、

---

[*] 原文刊于《图书馆建设》2013年第9期。

土壤影响食品安全"，"一年30多万种图书中，学术垃圾、剽窃抄袭垃圾、重复垃圾、粗制滥造垃圾数不胜数"。也正如孟先生所说，图书馆应主动承担起瘤疾择辩之责。西方学者对此有精准释义："图书馆是这样一个社会机关，它用书面记录的形式积累知识，并通过馆员将知识传递给团体和个人，进行书面交流。"由此推出，帮助读者树立"择善而读"的思想意识，帮助他们养成"读好书"的终生习惯，着实是公共图书馆义不容辞的社会责任和践行标准。孟先生的质问"如果读者入馆最容易读到的是厚黑和骗术"，这是对图书馆工作人员职业素养的警醒。馆员在为读者提供服务过程中，必须有在社会需求和道德伦理、馆藏结构和文化倡导之间进行权衡的能力，在阅读引导中坚持正能量。在此，我由衷地向孟先生致敬，并坚决"顶起"。

需要商榷的是，孟先生全文表述的意思其实是"择善而读"，但他却用了"择善而藏"作为题目。读和藏虽然仅一字差，但对公共图书馆而言，其内涵和实质却是完全不一样的。因为对于图书馆来说，自有其藏书体系。这个体系强调系统性与完整性，它不仅要满足读者的阅读需求也必须要满足学者的研究需要，它不仅是为了单纯阅读更是负有思想保存的重任。图书内容、出版方式、作者背景等都不应该对藏书体系的构建产生阻碍，在图书馆人看来，任何当下关于"好"或"坏"的判断，都是需要留待批判使用的。孟先生在文中尤其点到了古代藏书楼，"书好是首要的，过去很多民间藏书楼藏书不多，却价值连城"。需要指出的是，藏书文化与现代图书馆学说有交叉，但并非源流。古人藏书，多半出于一己喜好，对书籍的取舍更趋向个人色彩浓郁的"择善而读"。藏与读的模糊界定，因彼时出版物稀少而矛盾不显。因此程焕文所说的"人有好恶 书无好坏",正是明辨了"读""藏"之差别。

"藏"与"读"的择善之辩,在过往任何一个时代都未曾消歇。在专制主义下,人们能深切感受到自由被扼住了脖子,看不见的力量试图控制一切,尤其是阅读,这种最古老也是最重要的启蒙工具。而任何一种想要主导人们阅读的做法,最后都被证明是对文化的毁灭。努力构建完备的藏书体系,要求馆员定期把他们认为的"好书"摆放在醒目的位置,这应该就是目前大多数图书馆对"藏""读"之辩的回答,杭州图书馆亦不例外。但内心,我觉得图书馆、书、读者三者之间最美好的关系是:图书馆是浩瀚的书海而不是海上灯塔,读者徜徉其中自由取阅,从中获得欣赏、品鉴、汲取以及批判、反省、思索等一系列错综交织的"善读"体验。这才是"善藏"所要达成的目的,也是图书馆人的愿景。

冒昧揣测孟先生与我是同龄人,没有经历过无书可看之痛的人,是不会那么珍惜这个有书可读的时代的。多元并存,自由开放,正是我们这一路走来感同身受的。图书馆是一个社会民主的基础,民主并不仅仅是从凭证入内到无门槛进馆,民主真正的光芒彰显于思想的自由和阅读的自主。每一个人都能获得他想要的那本书,社会与民众对图书馆之"藏"给予极大的包容,如果真的能够这样,那一定是时代的进步。

后记

上海图书馆《图书馆杂志》社、上海科学技术文献出版社来函,约请我出版文集。我很惴惴然,文集可不是随便就能出的啊,便温温地婉辞了。但他们很热情,也很鼓励。于是,我与同仁开花、淑敏两位商议,她俩认为但试无妨,并自告奋勇帮助整理。这才有了是编。本集共分三部分,分别是"公共图书馆发展思考"、"地方文献与古籍"、"散文随笔",时间跨度逾20年,对不同时期的文章均有收录。

在此,向周有光和吴慰慈两位老先生表示感谢。为使文集增色,我恳请吴老为这本小书作序,他一口应承,非常快地就电邮了过来。而周老的题签更有戏剧性。2011年,赴京开会,顺便看望了周有光老。谈笑间,很感慨他以百多岁高龄还思维敏捷,文思不断,笔耕不辍。周老哈哈大笑着说:"你也可以出书啊!"我自嘲说,一则静不下来,二则思想缺乏深度。周老颇不认可。于是我说,您给题个签,等以后退休了,也好把一辈子的文字结集自娱。周老拿起圆珠笔,随手而就。同时,他又不忘揶揄自己:"你看我的字,写得还不如幼儿园的小朋友了。"此签,这次正好用上了。

古语说"思无定契,理有恒存"。收录的这些文字,杂乱斑驳,确可说是没有定契,但所述之理,尚能存否?请方家朋友们哂正。